KB195988

얼굴

이재무 시선집 **얼 굴**

1판 1쇄 펴낸날 2018년 2월 28일
1판 5쇄 펴낸날 2024년 10월 29일
지은이 이재무
펴낸이 이재무
책임편집 박은정
편집디자인 이영은, 장덕진
펴낸곳 (주)천년의시작
등록번호 제301-2012-033호
등록일자 2006년 1월 10일
주소 (03132) 서울시 종로구 삼일대로32길 36 운현신화타워 502호
전화 02-723-8668
팩스 02-723-8630
홈페이지 www.poempoem.com
이메일 poemsijak@hanmail.net

ⓒ이재무, 2018, printed in Seoul, Korea

ISBN 978-89-6021-787-4 03810

값 15,000원

얼 굴

이재무 시선집

천년의
시 작

시인의 말

1983년에 작품 활동을 시작하였으니 올해로 시력 35년이 됩니다. 시의 인생이 어느덧 청년기를 거쳐 중년기에 접어든 셈이지요. 깜냥껏 달려온 셈이지만 아직도 중후한 모습과는 거리가 먼, 풋내 나는 느낌을 지울 수가 없습니다.

제 나이 올해로 예순입니다. 이를 기념하기 위해 가까운 문우들이 물심양면 수고해준 덕으로 이 책을 내게 되었습니다. 고마운 일입니다만 부끄러운 마음이 드는 게 사실입니다.

내게 시 쓰는 일은 고통이면서 구원이었습니다. 고통만 계속되었다면 이 일을 지금까지 나는 지속하지 못했을 것입니다.

돌아보니 참 많은 이들에게 빚지며 살아왔습니다. 오늘의 나는, 나를 다녀간 무수한 인연들의 음우가 아니었다면 불가능했을 것입니다. 그분들에게 새삼, 깊이 허리 숙여 인사를 올립니다.

삶의 보폭과 시의 보폭이 나란하도록 노력하겠습니다.

2018년 2월 시인 이재무

시인의 말

제11시집 슬픔은 어깨로 운다

이 재 무

충남 부여 출생.

1983년 『삶의 문학』으로 작품 활동 시작.

시집 『섣달그믐』『온다던 사람 오지 않고』『벌초』『몸에 피는 꽃』『시간의 그물』『위대한 식사』『푸른 고집』『저녁 6시』『경쾌한 유랑』『슬픔에게 무릎을 꿇다』『슬픔은 어깨로 운다』, 시선집 『길 위의 식사』, 산문집 『생의 변방에서』『세상에서 제일 맛있는 밥』『집착으로부터의 도피』『쉼표처럼 살고 싶다』, 시평집 『사람들 사이에 꽃이 필 때』가 있음.

윤동주문학대상, 소월시문학상, 난고문학상, 편운문학상 우수상, 풀꽃문학상, 송수권시문학상, 유심작품상 등 수상.

현재 (주)천년의시작 대표이사.

©브라보 마이 라이프

©송재학 시인

©브라보 마이 라이프

©사진 작가 나경희

제1시집

『섣달그믐』

겨울밤

싸락눈이 내리고 날은 저물어
길은 보이지 않고
목쉰 개 울음만 빙판에 자꾸
엎어지는데 식전에 나간 아부지
여태 돌아오시지 않는다
세 번 데운 황새기 장국은 쫄고
벽시계가 열한 시를 친다
무거워 오는 졸음을 쫓고
문꼬리를 흔드는 기침 소리에
놀래 문 열면
싸대기를 때리는 바람
이불 속 묻어둔 밥
다독거리다 밤은 깊어
살강 뒤지는 새앙쥐 소리
서울행 기적 소리 들리고 오 리 밖
상엿집 지나 숱한 설움 짊어지고
된바람 헤쳐 오는 가쁜 숨소리
들린다 여태 아부지는 오시지 않고

섣달그믐날

오늘은 섣달그믐날
아침나절 나무나 한 짐 지고
일일랑 쉬자
부뚜막 가득 관솔 향기 지피며
콩가루, 참기름 내음에 취하다가
모처럼 읍내 장터에 나가
검불 머리 이발을 하자
돌아가신 엄니의 밥맛을 위해
나물을 사고
장흥정을 마치면 뒤뜰에 나가
빛깔 좋은 대추 씨 좋은 알밤을
추리자 세무서원 몰래
담가논 쌀술 사랑채에 꺼내놓고
할머님 피부색 같은 띠 다듬으며
일 년 내 살다가 쩌든 땟물쯤
물 데워 닦아버리자
새때쯤에는 고향 향해 몸 달아 있을

공장 다니는 누이 혹시나 올까
신작로 너머 그리운 안부 기다리면서

시

새끼 꼬듯 살다 간 죽은 엄니의
생애 매듭 매듭을
눈물 많은 서정으로야
다 쓸 수 있겠냐

시장통의 악다구니
껌 씹으며 어둠을 파는
저 창녀의 마지막 남은 순정 이야기
은유나 상징으로만 쓸 수 있겠냐

사월의 타는 진달래
핏빛 오월의 하늘
곱디고운 언어로만 쓸 수 있겠냐

사금파리 즐비한 세상
맨발로 걷는 이에게 바치는
노래가, 청승만 떨어서야 어디 쓰겠냐

귀향 1

마을로 오는 오 리 길

읍내의 불빛 따라

기어가다 기어가다 지쳐 잠든

몇 개의 초옥

그 어지러운 꿈속 가로질러

갈피도 없이 눈은 내리고……

숫돌

내 어린 날의 시골집
수챗구멍 한구석
아무렇게나 널브러져
무딘 날 기다리며
예순 살 아비와 함께 살아온
하늘빛 숫돌 하나
마음으로 들어와
살면서 녹슨 정신의 날
힘겹게 간다
갈면 갈수록 뼈와 살 닳는 아픔
몸 부쳐 지치지만
날 하나 날쌔게 세워
일상의 토양으로 뿌리내리는
병든 고욤나무의 뿌리와 가지
온전히 버힐 수 있다면
아픔의 칼이 내미는
사랑은 크나큰 기쁨일지니

추억의 가장자리에
외롭게 빛나는 숫돌이여,
오늘처럼 불쑥불쑥 찾아와
나날의 빈틈 용서치 마라

엄니

마흔여덟 옭매듭을 끊어버리고

다 떨어진 짚신 끌며

첩첩산중 증각골 떠나시는규

살아생전 친구 삼던 예수 따라

돌아오리란 말 한마디 없이

물 따라 바람 따라 떠나시는규 엄니

가기 전에 서운한 말

한마디만 들려달라고 아부지는 피 울음 쏟고

높은 성적 받아왔으니

보아달라고 철없는 막내는 몸부림쳐유

보시는규, 모두들 엄니에게 못 같은 덕

한꺼번에 풀고 있는 이웃들의 몸 둘 바 모르는 몸짓들

인데

친정집 빚 떼먹은 죄루다

이십 년 넘게 코빼기도 안 보이던

막내 고모도 갚지 못한 가난

지 몸 물어뜯으며 저주하구유

시집오면서 청상과부 올케에게
피눈물로 맡겨놨다던 열 살짜리 막내 삼촌도
어른 되어 돌아오셨슈
보시는규, 엄니만 일어나시면
사는 죄루다 못 만난 친척들의
그리움 꽃 활짝 필 흙빛 얼굴들을
보시구서도 내숭 떠느라 안 일어나시는규
지척거리며 바람이 불고 캄캄한 진눈깨비 몰려와
마루 꿍꿍 울리는 동지 초이틀
성성하던 엄니의 기침 소리는
아직 살아 문풍지를 흔드는데
다섯 마지기 자갈논 가쟁이 모래밭 다 거둬들이던
그 뜨겁던 맨발 맨손 왜 자꾸 식어가는규
가뭄 탄 잡초 같은 엄니의 입술 보며
크고 작은 동생들 올망졸망 함께 모여서
지청구 한마디가 듣고 싶은디
왜 시종 말이 없는규

궂은 날 지나 갠 날이 오면

아들딸네 집 두루 돌아댕기며

손자 손녀들 재롱 시중드는 게 소원이라시더니

그 갠 날 지척에 놔두시고선

끝끝내 아까워 못 꺼내시던

한복 곱게 차려입고서

진주댁이 쥐어준 노잣돈 쥐고

기어이 물 따라 바람 따라 떠나시는규 엄니

재식이

아비의 평생과 죽은 엄니의 생애가
고스란히 거름으로 뿌려져 있는
다섯 마지기 가쟁이 논이 팔린 지
닷새째 되는 날
품앗이에서 돌아온 둘째 동생 재식이는
한동안 잊었던 울음 쏟고 말았다
맷돌 같은 손으로 흘러넘치는 눈물 찍으며
대대손손 가난뿐인 빛 좋은 개살구의
가문의 기둥 찍고 찍었다
동생의 아이고땜으로
"정직하게 성실하게 살자"
가훈이 덜컹 마루 끝으로 떨어지고
동네 허리 감싸 안은 야산도
함께 울었다 여간한 슬픔
끝 모를 절망의 늪에
온몸 빠졌을 때도, 눈물에 인색하면서
선웃음 잃지 않던 뚝심의 동생이

썩은새로 무너지며 터뜨린 눈물로
텃밭 푸성귀들을 자지러지게 흔들던 날
예순의 머슴 아비도
죽은 엄니 초상화 꺼내 들고
아끼던 눈물 한 방울
방바닥으로 굴리셨다
팔려버려 지금은 남의 논이 된
그 논에 모를 꽂고 온 동생의 하루가
내 살아온 부끄러운 나날에
비수 되어 꽂히던 달도 없던 그날 밤
건넛집 흑백 TV 브라운관 뛰쳐나온
프로야구의 들끓는 함성이
허름한 담벼락
마구 흔들어대고 있었다

새벽 기차를 타고

화창한 봄날
그대 새벽 기차를 타고
삼남의 벌판 달려보았는가
산등성이 힘겹게 기어오르며
한겨울의 묵은 때
한 꺼풀씩 벗겨내는 햇살 무데기
그 힘찬 행진에
그대 살얼음 낀 앞가슴 맡겨보았는가
골짜기마다 갇혀 있는 어둠이
햇살의 회초리에 멍들며
아프다 소리치고
논두렁의 굵은 근육이
산그늘 끌어 덮고 겨울잠 자는
가쟁이밭 이마를 치며
일어서라, 동면의 사십 년
훌훌 털어버려라
씨앗 받아라 꽹과리 치는

삼남의 거친 숨결을
그대 중이염 앓는
두 귀는 들어보았는가
동해의 싱싱한 비린내
어깨에 지고 앞치마에 가득 담아서
태백산맥 넘어오며 한 줌씩 흘려놓다가
여기저기 한 잎씩 돋는
풀잎의 옆구리에 찔러 넣으며
저도 그 짓이 흥겨운지
비닐봉지 휴지 조각 톡톡 걷어차 보는
봄바람의 부드러운 손길에
그대 동상 걸린 발가락 손가락
부끄러운 웃음으로 맡겨보았는가
화창한 봄날
그대 새벽 기차를 타고
삼남의 복판 가로지르며
거짓으로 가득 채워진 마음의 항아리

온전히 비워

햇살과 바람과 흙이 주는 교훈으로

건강한 내일 채우지 않겠는가, 그대

구월에
―민중교육 사건에 부쳐

친구여, 지난여름 그 무덥던 폭염
잊어서는 안 되네
일상의 등짝 패고 복부를 향해
짜증의 몽둥이 휘둘러대던
그 여름의 잔인한 혀의 키스
친구여, 결코 피해서는 안 되네
코카콜라 마시며 달래던 더위
간과 쓸개 다 꺼내주고
이중의 얼굴로 걸어온 골목 굽이마다
배인 눈물 포기 가득 발자국들
그러나 친구여, 버리고 싶을수록
기억하여야 하네 우리들의 내일에
오늘의 절망보다 더 깊고 긴 어둠이
떼 지어 몰려온다 하여도
오늘 우리들은 기쁜 일 하나 바라며
살아가야만 하겠네
친구여, 허둥대며 쫓겨가는 여름의 뒷덜미가 보이네

별빛 가득 핀 냇가에는
한여름 더위의 몰매로 메말라가던
도심의 불빛들 다투어
막바지 여름의 흔적 씻어내리는 것도
보이네, 그러나 우리들 가슴속 켜켜이 쌓인
여름날 그 지겹던 하루하루의 땀과 비듬들은
구월이 와도 좀체 씻기질 않네
친구여, 구월이 와 바람 불어도
몸은 더욱 땀 절어 야위어가고
친구여, 구월이 와 꽃을 피워도
마음은 져버린 꽃살 썩어 문드러지는 아픔뿐이네
그렇더라도 친구여,
도처에서 우리를 가둬 갉아먹고 피 빨던
온갖 더위의 폭력 아직 즐비하니
그것들 속에 우리가 섞여
끝까지 싸워야만 하겠네

제2시집

『온다던 사람 오지 않고』

마포 산동네

늦잠 자던 가로등
투덜대며 눈을 뜨고
건넛집 옥상 위
개운하게 팔다리를 흔들며
옥수수 잎새
낮 동안 이고 있던 햇살을 턴다
놀이에 지친 아이들 잠들고
한강을 건너온 달빛
젖은 얼굴로
불 꺼진 창들만 골라
기웃거린다 안간힘으로 구름을 밀며
바람이 불고
일터에서 돌아오는 남도의 사투리들
거리를 가득 메운다
하나둘 창마다 불이 켜지고
소스라쳐 빨개진 얼굴로
달빛 뒷걸음친다

비로소 가는 비 맞은 풀잎처럼

생기가 돈다, 마포 산동네

옻나무

어릴 적 나는, 토담집 한 귀퉁이
십수 년 우리 집 가난과 함께 자라온
옻나무가 무서웠다 살갗만 살짝 스쳐도
온몸에 두드러기가 일던 그 괴괴한 나무의 서늘한 눈빛과
무심코 눈이라도 부딪는 날이면
어김없이 밤마다 진저리치는 악몽에
시달려야 했다 어느 해인가
할머니의 가슴앓이로 다리 한 짝 잃고도
아버지의 진기 빠진 근력을 위해
팔 한 짝 선뜻 내주던 은혜였던 나무
그리고 그다음 해의 늦봄
해수병의 당숙 기어이 속옷으로 쓰러뜨리던
성성한 이파리로
그늘을 넓혀 이십여 평 양지의 마당
삼키어가던 식욕 좋던 그 나무가
어릴 적 나는, 왜 그리 무서운 금기의 나무였는지
지금도 추억 떠올리면 종아리에 소름꽃 핀다

옻 타지 않는 이에게 더없이 약 되면서
옻 타는 사람에겐 더없이 병 되던
은혜와 배반의 이파리로 엮어진 나무
그 시퍼런 이중성의 표정이
근엄한 판검사의 얼굴로 닥지닥지 열리는 것을
어느 날 나는, 법정의 방청석에서
오돌오돌 떨며 그러나 똑똑히 보았다

묵 이야기

1

멱을 감다가 가재를 찾아 골짜기를 두 팔 두 다리 아프게 훔치다 배가 출출해지면 간 큰 놈들이 해오는 참외 수박 서리로 배를 채우고 우리들은 맨입 맨손으로 집에 가기가 허전하고 죄스러워서 이제 일과의 하나가 되어버린 상수리나무 숲으로 가을 양식을 벌러 가야 했다 주인인 재정이 할아버지의 감시의 눈을 피하기 위해 조무래기 몇을 보초로 세워놓고 머리통보다 두 배나 세 배 더 큰 돌을 머리 위로 세워 들어 나무의 허리께를 향해 던졌다 자지러지게 팔다리를 흔들며 나무가 울고, 싹 꿈꾸며 땅 그리워하던 다 익은 열매들은 떨어지면서 깔깔깔 웃어댔다 빵병 앓는 머리통에 버짐 핀 얼굴 위에 그때마다 밥벌이에 바쁜 왕텡이 식구들이 소낙비로 쏟아지는 총알 같은 열매 사이를 뚫고 필사적으로 달려오는 게 보였다 우리들은 적을 만난 병정들처럼 잽싸게 엎드려 자세로 숨을 죽이고 동정을 살펴야 했다 수색 마친 벌들이 윙윙거리며 그들의 진지로 돌아가는 시간이 천년처럼 길고 아득했다 언뜻, 밀린 숙제가 떠오르고, 선생님

의 회초리가 아프게 다가오고, 술 취한 당숙의 뒤켠이, 장
에 간 엄니가 그새 보고 싶고……

　2
　여기저기 우리 동네의 앞날처럼 시체로 널브러진 열매들
이 들뜬 손을 부르면, 날아간 벌들의 꽁무니에 가을 공판장
술 취한 어른들의 손짓 발짓으로 네에미시팔 욕설을 실컷
퍼붓고, 질세라 졸라맨 허리띠 다시 추슬러 런닝구가 불룩
하도록 열매를 주워 담았다 그해 여름 내내 손등 발등에 훈
장처럼 빛나는 상처가 늘어갈수록 장독대의 항아리 가득 열
매가 부어졌고, 그것으로 엄니들은 묵 빚어 가을 양식을 삼
고 더러는 장에 내다 팔기도 했다

밤나무

　국민학교 오 학년 사월 어느 날 앞산 뒷산 뻐꾸기 울음소리가 진달래꽃 더욱 붉게 물들이는 오후 하굣길이었다 친구들과 나는, 스무 년 객지 생활에 지쳐 돌아와, 술 취한 당숙의 목울대보다 더욱 시뻘건 황토가 부끄럼 잊은 여인처럼 발가벗고 누워 있는 고향의 비탈산을 다듬어 과수 농사를 짓던 권 씨 아저씨네 밤나무 밭에 들어가 부지깽이만 한 애기밤나무 아홉 그루를 훔쳤다 살 다치지 않게 장광 뒤 울타리에 열 뼘도 훨씬 넘는 거리로 벌려 심궜다 그땐 할머님도 어머님도 살아 계셨으므로 우리 식구는 모두 아홉이었다 어른들은 겉으로야 나무라셨지만 속으로는 은근슬쩍 좋아하는 눈치였다 밤나무마다 식구들 이름 하나씩을 붙여주었다 돌보지 않아도 나무들은 절로 자라나 석삼년이 지나서는 제법 큰 알밤을 가마니가 넘치게 부어놓았다 철마다 식구들 입은 즐거웠고 일 년에 열 번도 더 있는 제사를 지내고도 남는 것들을 어머님은 장에 내다 파셨다 그 후 이십 년 세월이 흘렀다 그사이 할머님과 어머님이 돌아가셨고 동생 재식이가 죽었다 또 형제들은 제 밥벌이 찾아나서 뿔뿔이 흩어졌

다 명절 때나 돼야 서로의 안부를 알게 되었다 우리가 만날
때마다 밤나무들은 더욱 의젓한 표정으로 어깨를 두드려주
며 알밤을 내주었고 형제들은 그것을 추억으로 깨물며 우
의를 다지곤 했다

서울 오는 길

막차가 떠났다 뽀얀 먼지가 일고
나이 든 누이와 막내
품앗이 마치고 집으로 가던
아낙들 서넛
저녁 바람에 고즈넉이 흔들리는
미루나무와 나란히 서서
오래도록 손 흔들어주었다
멀리, 사립에 쪼그려 앉아
어머니 누워 계신 먼 산 보며
아버지 청자담배 피워 무셨고
남녘서 날아온 새 한 마리,
가난에 매 맞고 죽은
둘째 동생 재식이와의 추억이
솔잎으로 돋아나는
서편 숲으로 가뭇없이 사라졌다
아리랑 부르며 울며 넘던 고갯길을
숨 가쁘게 차가 달렸고

인가의 불빛은 꽃잎처럼 피어나는데
철들어 품은 기다림 그리움은
멀고 아득하기만 해서
마음의 심지에 타오르는 희망의 등잔불
바람 앞에 언제나 서럽고 위태로웠다
마을 사람들 마음의 손이
꽁꽁 동여맨 간절한 기구의 보따리
허리에 차고
평생을 가도 가닿지 못할
그러나 기어이 가야만 하는
멀고 험한 길 가며
바닥을 잊은 가슴샘에서
솟는 눈물은 또 얼마나 더 퍼올려야 하는 것인가
멀미가 일어
달게 먹은 점심의 국수 가락 토해내면서
서울 오는 길
고향은 끝내 깍지 낀 내 몸
풀지 않았다

간경화꽃

농약에 과로에 찌든 가슴은
간경화꽃의 비료입니다
설움에 원한에 멍든 가슴은
간경화꽃의 거름입니다
증각골 가득 간경화꽃이 피었습니다
남녀노소 가리지 않고
지치고 힘 부친 가슴은
무엇이든 투정 없이 먹어댑니다
지금, 증각골 가득
섬뜩한 간경화꽃이 피었습니다

산역을 마치고

모닥불이 피어올랐다

시오리 밖 사방에서

떼 지어온 부나비 떼들

사선의 불빛 넘나들면서

곡예의 춤추고 있었고

화선지에 물감 번지듯

산역을 마친 흙 묻은 얼굴들

홍시처럼 익고 있었다

살아서 맺은 인연들을 태우며

장작불은 더욱 붉게 솟아오는데

매듭 많은 생애의 나무토막을

툭툭 분질러 불길에 던져주면서

사람들은 말이 없었다

달아오른 취기는 슬픔 너머

더 큰 슬픔을 불러오고

막걸리 잔 거듭 비워도

마음은 바람 든 무 속마냥 채워지지 않았다

초가을 바람은 옆구리에 허전한데
모두들 말은 아껴도
모두는 한마음으로 알고 있을까
남은 목숨이 결코 죽은 목숨
위로할 수 없는 세상인 것을

장작을 패며

장작을 패며 나는 배운다.
싸움꾼의 원칙과 자세에 대하여.

두 눈 부릅떠 결을 겨눌 것.
옹이는 절대 피할 것.
순서는 마른 것에서 젖은 순으로.

한두 시간이 아니라
하루 이틀이 아니라
평생을 도끼질할 때
원칙과 자세가 바로 생명이라는 것을.

짚토매

논바닥 이곳저곳에
아무렇게나 널브러지면
우리 몸 비바람 한 소쿠리로도
쉽게 젖는다 쉽게 썩는다
그러나 우리 몸
햇살 한 사발 없는 음지의 담벼락
혹은 바람 그칠 새 없는 허허벌판 속
살 떨려와도 뼈 깎여와도
부려진 그곳에서 한 토매 두 토매
싸움꾼의 의지로 차곡차곡 쌓여서
집눌 하나로 우뚝 서 있으면
바람의 칼 수천 개로도
우리 몸 베어지지 않고
퍼붓는 수천 동이의 비
수천 가마니의 눈으로도
함부로 젖지 않는다 함부로 썩지 않는다
원한의 동아줄 되어

우리를 묶어왔던 손과 발들을

묶고 또 묶으며

툭툭 힘줄 불거질 그날까지는

온다던 사람 오지 않았다

온다던 사람 오지 않았다 밤 열차
빈 가슴에 흙바람을 불어넣고
종착역 목포를 향해 말을 달렸다
서산西山 삭정개비 끝에서
그믐달은 꾸벅꾸벅 졸고 있었고
주먹의 불빛조차 잠이 들었다
주머니 속에서
때 묻은 동전이 울고 있었고
발끝에 돌팍이 울고 있었다
온다던 사람은
다음날도 그 다음날도 오지 않았고
내 마음의 산비탈에 핀
머루는 퉁퉁 젖이 붇고 있었다

제3시집

『벌초』

별

한때 나의 밤길에
동무였던, 위안이었던
별 하나, 오늘은 웬일인지
누군가 일부러
압핀으로 눌러놓은 듯
어둔 하늘 회색 도화지에
아프게 꽂혀
하얀 피를 흘리고 있다

나는 한기를 못 견뎌
창문 닫고 말았다

벌초

무딘 날 조선낫 들고
엄니 누워 계신
종산에 간다
웃자란 머리
손톱 발톱 깎아드리니
엄니, 그놈 참
서러운 서른 넘어서야
철 제법 들었노라고
무덤 옆
갈참나무 시켜
웃음 서너 장
발등에 떨구신다
서산 노을도
비탈의 황토
더욱 붉게 물들이며
오냐 그렇다고
고개 끄덕이시고…….

고향에 와서

오랜만에 고향에 와서
구두를 벗고 고무신으로
옛 놀던 동산에도 올라가 보고
지금은 말라 비틀어진
추억의 냇가에 앉아
하릴없이 돌장난치다
돌아와 윗방에 배 깔고
누워 있으니 들려온다
담벼락 무너뜨리며
밀려오는 개구리울음 파도
안방에서 게으르게 걸어오는
낡은 벽시계의 발걸음 소리
오래전의 귀에 익은
다듬이소리 밟으며
고시랑대던 할머님의
정겨운 잔소리
아, 서울이 멀어
모처럼 달게 잠은 쏟아져 오고…….

하모니카

1

어스름이 홑이불로 마을을 덮어오고
서산 노송 사이로
걸어 들어온 아기별이
동네 우물에 떴다
능선에서
들판 쪽으로
강의 하류처럼 부드럽게
밀리어오던 달빛의 물결을 타고
새우 넣고 끓인 호박국 내음의
뜨건 울음이
처마 밑 낡은 거미줄을 헤치며
들리어왔다

2

배 깔고 엎드려
산수 숙제에 골머리 앓고 있는

64

열 살 소년의 머리맡으로
모양이 굴렁쇠 같은 울음소리는
구슬처럼 몸에 흙을 묻히며 굴러와
마음의 창호지 여기저기를
콩콩 무딘 울음의 부리로
짓찧고 있었다
텃밭가 옥수숫대 잎들은
곡명도 모르는
그 무슨 서러운 곡조를
제 것인 양 하얗게 흔들어댔고
이십 리 밖 멀리
기적 소리
광석뜰 가로질러
장화 걸음으로 걸어와
소년의 그리움의 사립문
삐그덕 열어놓았다
그런 날 밤이면

소년은 바짓가랑이 무겁게
서너 말의 이슬
달고서야 돌아왔고
사랑방 귀 밝은
할머니의 밭은기침 소리
허청 지붕 위
누렇게 웃고 있는 호박 하나를
떨어뜨리곤 했다
뜰팡에 이슬을 털면
우수수 깨알 같은 별들이 쏟아졌다

3
내게는
먼 촌수로,
열 살의 가을 소쿠리에
푸른 구슬 가득 채워주었던
폐가 안 좋아

백랍 같은 가래가 끓던
그 아저씨를
스무 년도 지난
오늘에야 만나서
그날의 그 둥근 소리
다시 굴려보자 했더니
이놈 때늦게 별소릴 다
이런 놈의 잇몸으로 불긴 무얼 불어
하시며 샛노란 금 틀니
드러내어 웃고 마시네

다듬이소리

내 서툰 걸음과 함께
서른세 해를
길과 함께 닫히고
열리면서 걸어온 그 소리는
요즘 들어서는 언제나,
발소리를 죽이고 있다가
잠 안 오는 늦은 겨울밤
별빛 마주하면
골목 가득 우렁차게 걸어와서는,
이 층 베란다와 키가 나란한,
등 굽은 대추나무에 걸어놓은
낡은 지폐 같은 내 마음을
마구 흔든다 지는 잎처럼
마음 잎잎이 떨어져 뒹굴 때마다
대추나무 가지마다에 새로이 돋는
저 수많은 소리의 잎들

기차
—밤밭골에서

늦도록 잠 오지 않는다
막 수원을 통과해온
상행선 열차가 아프게
몸속 터널 관통하여
서울로 간다
나는 왜 여태 기대보다는
실의만을 가져다준 저 바퀴 소리에
마음 묶어두는 것일까
떠올리면 언제나 자랑보다는
남루가 먼저 떠올려지는 생이었던 것을
이미 살과 뼈 이룬
죄란 벗는다고 벗겨지는 것이 아니었던 것을
아직도 내게 집착할 그 무엇이
남아 있다는 것일까
설레임으로 출발했던 길은
쓸쓸함으로 막 내렸던 여행에
신열로 온몸 달아오르는 걸까

밤밭골에서

밤나무 숲 스쳐온 바람의 몸엔
포도알처럼, 다디단 밤꽃 향기
주저리 열려 있고요
내 몸도 저 숲 가로지르니
향기 방울 몸속에 스며
걸을 때마다 방울 소리
몸속에서 찰랑찰랑 요란하네요
바쁜 세월 해찰 없이 살아도
맘이 허전한 서울 친구들이여
이곳 밤밭골에 와
유년에 잃었던 파란 구슬 몇 개
마음의 주머니에 담아가시든지 말든지

강물 곁에서

삶이란 그런 것인가
한때는 다만 아픔을 부리기 위해
찾아왔던 곳
오늘은 무연한 마음으로 들러
강물에 놀다 가는
햇살이랑 물새랑
산그림자 곁에
밀가루 반죽 같은 생의 허무
한주먹 떼어 슬그머니 풀어놓으니
기특도 해라
흙물 일으키지 않고
누가 보아도 눈썰미 있는
그림이 되네

만남

요즘 들어 우리들의 만남은
전에 없이 쓸쓸해졌다 사소한
농담으로도 헤프게 웃었고
철 지난 유행가에 쉬
가슴이 젖었지만
한때 마음을 붉게 물들였던
사랑이며, 믿음, 약속에 대하여는
말수를 줄여갔다
중년답게 적당히 아랫배가 나온
우리들은 주택부금, 증권 시세, 새로 산 자동차와
자주 퓨즈가 나가는 두꺼비집처럼
불규칙적으로 깜박이는 건강의 신호등에 대하여
갈비와 닭다리를 뜯으며
이야기를 나눴고
아, 우리도 어느새 인생의 반을
넘겨 살았다는 누군가의 한숨에는
일제히 고개를 끄덕였다

최근 연예가 소식에는
귀 열고 눈 빛내며 낄낄거렸고
감정에 모가 나거나 비위에 거슬린
말의 가시는 발라내고
기름진 말들만 골라 양념을 쳐서
서로를 추켜세웠다
아무리 신명이 달아올라도
되도록 술판은 차수를 변경시키지 않았고
모범적인 가장답게
자정 안에 집으로 돌아갔다

제4시집

『몸에 피는 꽃』

눈

퍼붓는 눈발 바라다보면
괜시리 가슴 두근거리고 손끝 저릿하다
마음으로 바다가 가득 차서 출렁거린다
퍼붓는 눈발 삼만리
너와 더불어 이 밤 내
서둘러 가야 할 곳 있는 양
몸 안에 짐승이 들어와서
발바닥 뜨거워지고 팔뚝에 피 솟는다
눈발이여, 님은 어제의 냇물 되어
저만큼 흘러갔는데
몸에 피는 꽃
이 더운 숨을 어이할거나

가을 나무로 서서

겨울을 견디기 위해
잎들을 떨군다
여름날 생의 자랑이었던
가지의 꽃들아 잎들아
잠시 안녕
더 크고 무성한 훗날의
축복을 위해
지금은 작별을 해야 할 때
살다 보면 삶이란
값진 하나를 위해 열을 바쳐야 할 때가 온다
분분한 낙엽
철을 앞세워 오는 서리 앞에서
뼈 울고 살은 떨려오지만
겨울을 겨울답게 껴안기 위해
잎들아, 사랑의 이름으로
지난 안일과 나태의 너를 떨군다

신도림역

검고 칙칙한 지하선로
살찐 쥐 한 마리 걸어간다
누군가 검붉은 침을
아직 불이 살아 있는 담배꽁초를
그의 목덜미께로 뱉고 던진다
쥐는 동요하지 않는다
전방 500m 화물열차가
씩씩거리며 달려오고 있다
그는 동요하지 않는다
선로를 가로질러 태평하게 저 갈 곳을 가는
그는 나보다도 서울을
잘 살고 있다

한 무리의 쥐들이 열차에 오른다

한강 철새

어둠은 습기처럼 차오른다 저물 무렵
지하 터널 통과하고도 전철은 철교 위에서
더듬이 잃은 갑각류처럼 더듬거린다
나는 바라다본다 차창 밖
수면에 누워 긴 여행의 노독을 푸는
침묵의 그대들
문득, 다변의 하루가 부끄럽다
목까지 채워진 단추가 답답하다

아무도 호수의 깊이를 모른다

고여 있는 물 웃자란 풀이 썩고
냄새는 떼 지어 몰려다닌다
벌써 며칠째 소로를 따라 걸어온
달빛 무안한 얼굴로 되돌아간다
기미와 화장독 오른 그녀의 낯짝에
가래를 뱉듯 돌을 던져본다
그러나 그녀는 표정을 바꾸지 않는다
소란은 이내 가라앉고
우르르 몰려간 냄새에 밟혀
먼 마을의 꽃들이 진다
아무도 호수의 깊이를 모른다

서울 참새

이제 우리의 식량은 벼가 아니다
이제 우리의 일터는 들이 아니다
한때 더불어 살던 날의 아름다움
빛났던 날짐승의 비상도
잊어야 한다 수은비 내리는 여기는
빌딩의 밀림 모든 것은 혼자서 견뎌야 한다
우리가 겁나는 것은 돌팔매가 아니다
우리가 두려운 것은 허수아비가 아니다
먹이는 도처에 산재하지만
새로서 살 수 없는 것
예고도 없이 죽음은 찾아오고
정성情性을 버려야만 연명되는 곳
우리는 더 이상 새가 아니다

신도림동

그 골목길 지날 때
망치 소리가 달려와 몸을 물어뜯고 물러난다
그 아득한 통로
한 마리의 늙고 병든 고양이로 걸어 나오는 동안
나의 시린 무릎은 끊임없이 투덜거린다
굴 속처럼 컴컴한 창고 속에
막대 같은 목 위에 노란 얼굴을 매단
사내들이 쇠를 잘라먹는 게 보인다
밝은 날 그 골목길엔
더 많이 쇳가루가 배회하며 사냥감을 노린다
그 골목길 지날 때
누구라도 생각에 골똘하지 않으면
아귀처럼 달려드는 소음으로 몸이 아프다

우물

우물 옆에는 팽나무 한 그루가 서 있다가
밤이 오면 우물 속으로
가지를 뻗었다
그 가지 휘어지도록
별꽃 달꽃 열려 있었고
일터에서 돌아오던 가장들은
집보다 먼저 그곳에 들러
바가지 그득 별과 달 담아 마셨다
그해 여름 내내
마을 장정들이 따먹은 꽃들
스무 섬도 넘었겠지만
신통하게도 꽃들의 수는
가을 지나 겨울 너머 봄이 와서도 줄지 않았다
우물은 코흘리개 아이들을 길러냈고
병든 노인의 병 낫게 했으나
아무도 우물을 위해 그 흔턴
고사 한번 지내지는 않았다

우물이 키운 무병의 아이들은 자라
마을을 떠났고, 떠나서는
아무도 돌아오지 않았고
돌아오지 않아도 기다림으로
세월을 살던 노인들조차
우물 벗어나 산속으로
몸 옮기자 우물은
시름시름 앓기 시작했다
덩달아 팽나무도 드러누웠고
별도 달도 발길이 뜸해졌다
겨울 한밤에도 환하던 마을
여름 초저녁 어둠에도 근력이 부쳐
뚝뚝 낡은 실처럼 길들이 끊어졌다

때까치

독감에 걸린 아들
등짝에 달고
소아과병원 가는 길
새까맣게 잊고 지냈던
그날의 새 울음소리
크게 들렸네
울타리 산수유나무 가지마다에
새끼 잃은 원한의
피울음 널어놓다가
외려 돌팔매질에 혼났던,
돌아보면 그저 유년의
사소한 놀잇감이었을 뿐인
새 울음소리
25년 멀고 먼 거리
순간으로 달려와서는
못 갚은 죄의 가슴
콕, 콕 찍어왔네

항아리 속 된장처럼

세월 뜸 들여 깊은 맛 우려내려면
우선은 항아리 속으로 들어가자는 거야
햇장이니 갑갑증이니 일겠지 펄펄 끓는 성질에
독이라도 깨고 싶겠지
그럴수록 된장으로 들어앉아서 진득허니
기다리자는 거야 원치 않는 불순물도
뛰어들겠지 고것까지 내 살[肉]로
품어보자는 거야 썩고 썩다가 간과 허파가 녹고
내장까지 다 녹아나고 그럴 즈음에
햇볕 좋은 날 말짱하게 말린 몸으로
식탁에 오르자는 것이야

철길

서른 넘어 생긴 소원이 있다
서울서 사백 리
부여서 시오 리
내 고향 증각골까지
차표도 없이 불알 덜렁거리며
철길과 나란히 걸어보는 것
마냥 하세월로 걸어보는 것
서울은 너무 빠르다
눈이 아프고 귀가 시리다
철길에서 그리움을 배우고
기다림 또한 익혔으면서
아, 나는 어느새 핑계도 없이
철길과 멀어졌구나
돌아보면 비둘기열차처럼 늘 덜컹거리며
그래도 서른다섯 간이역
통과해온 눈물 나는, 연착의 생이여
내 언제나 발에 잘 맞는 구두 벗고

서툴게 저 마음 환한 들길
걸을 것인가 서른 지나 생긴 소원
책도 종교도 없이 이룰 것인가

감나무

감나무 저도 소식이 궁금한 것이다
그러기에 사립 쪽으로는 가지도 더 뻗고
가을이면 그렁그렁 매달아놓은
붉은 눈물
바람결에 슬쩍 흔들려도 보는 것이다
저를 이곳에 뿌리박게 해놓고
주인은 삼십 년을 살다가
도망 기차를 탄 것이
그새 십오 년인데……
감나무 저도 안부가 그리운 것이다
그러기에 봄이면 새순도
담장 너머 쪽부터 내밀어 틔워보는 것이다

마음의 짐승

몸의 굴 속 웅크린 짐승
눈뜨네 아직 길들여지지 않은
수성, 몸 밖의, 죄어오는 무형의
오랏줄에 답답한 듯
발버둥 치네 그때마다 가까스로
뿌리내린 가계의 나무 휘청거리네
오랜 굶주림 휑한 두 눈의
형형한 살기에 그대가 다치네
두툼한 봉급으로 쓰다듬어도
식솔의 안전으로 얼러보아도
도박, 여자, 술로 달래보아도
오오, 마음의 짐승
세운 갈기 숙이지 않네

밥알

갓 지어낼 적엔
서로가 서로에게
끈적이던 사랑이더니
평등이더니
찬밥 되어 물에 말리니
서로 흩어져 끈기도 잃고
제 몸만 불리는구나

제5시집

『시간의 그물』

신발

신발의 문수 바꾸지 않아도 되던 날부터
하나둘씩 내 곁을 떠나간 친구여
하나둘씩 내 곁을 떠나간 꿈이여

오동나무

하굣길 오동나무
그 큰 잎사귀 그늘 띄워
더위 먹은 책가방 쉬게 하더니
어느 해 큰비 내려 둑 터진 날 이후
얼굴 감춘 오동나무
지금은 내 몸속에 뿌리내려
바람 불면 바람 분다고
날 저물면 날 저문다고
마음의 현 열두 줄 크게 울린다
동무들과 헤어져 홀로 골목 돌아올 때는
저 먼저 빠져나와 저만큼
우뚝 멈춰서서 잎사귀 흔들어댄다
괜찮다고 괜찮다고 흔들어댄다
아아, 언젠가 몸 밖으로 가지를 뻗어
외로운 이들 그날처럼 불러 모을
잎사귀여 잎사귀여 잎사귀여

꽃그늘

꽃그늘 속으로
세상 소음에 다친 영혼
한 마리 자벌레로 기어갑니다
아, 그 고요한 나라에서 곤한 잠을 잡니다

꽃그늘에 밤이 오고
달 뜨고
그리하여 한 나라가 사라져갈 때
밤눈 밝은 밤새에 들켜
그의 한 끼가 되어도 좋습니다

꽃그늘 속으로
바람이 불고
시간의 물방울 천천히
해찰하며 흘러갑니다

그리움은 풀잎으로 솟아오른다

소래포구에서 부평 쪽으로 난 철도를 따라 걷는다
철도는 언덕 넘어온 잡풀로 뒤덮여 있다
먼 길 에돌아 오는 기적의 추억 더듬으며
나는 바지에 흙을 묻힌다
버리려 왔으나 가슴에 담긴 돌멩이
걸음 더욱 무겁게 한다
버려진 철도에 녹슨 몸 부리고
바람 물결에 흔들리는 갈대밭 바라다본다
저곳에 마음 묶던 날이 있었다
그때 나는 슬펐던가 흔들린다는 것은 아직
희망이 남아 있다는 것이다
속도에 실린 생은 끝내 알지 못하리
목표 없는 전진의 대열에서 이탈한 자의
불안과 고적 그리고 간장 종지만 한 평온이,
문득 오래된 신발처럼 나는 편하다
몸 밖으로 떠돌던 그리움
불쑥 도둑처럼 돌아와 둥둥 풀잎으로 솟아오른다

내 마음에 날마다 솟던 산이 없어졌다

봉긋한 무덤 낮은 지붕 거느리던 기슭
하오 적막의 광목천 찢으며 날던 꿩
홑청으로 마을 덮던 눈
늦은 밤 시 읽는 소년의 방 기웃거리던 달빛
성동벌 가로지르며 가쁜 숨 몰아쉬던 상행선 기적 소리
무너진 담장 너머 새까맣게 밀려오던 풀벌레 울음
오 리 너머 산사의 젖은 종소리

솔 숲 향기 몰아 절벽에 쏟아붓던 바람
저녁 산책길 소로 따라가다 보면 만나지는 겁먹은
다람쥐의 눈망울 억새풀 사이 삐쭉 내민 흙 묻은 얼굴의
고무신 한 짝 삭정개비 떨어뜨리며 날던 새의 날갯짓
과묵한 눈빛으로 잰걸음 굽어보던 우물 옆 수령 오백 년
의 느티나무

내 마음에 날마다 찾아와
지친 몸이 무너질 때마다

두껍고 큰 손으로 등 두드리시던 어머니
마음의 계곡 굽이치며 녹스는 뼈 먼지의 살
맑게 씻기어 주던 어머니 보이지 않는다
아아, 자식이 버린 어머니

내 마음에 날마다 솟던 산이 없어졌다

푸성귀를 많이 먹고 잔 날은

푸성귀를 많이 먹고 잔 날은
꿈속에서 풋것이 되어 들판 덮는다
몸속으로는 푸른 피가 흐르고
양팔에서 푸른 줄기가 돋아 쭉쭉 뻗는다
벌레들이 몰려와 알 슬고
더러는 이파리 같은 입술 뜯어먹는다
푸성귀를 많이 먹고 잔 날은
잠도 잘 오고 그래서 꿈도 더 많이 꾸는데
토라져 소식 없는 친구도 만나고
먼 나라에 계신 엄니도 찾아오셔서
풋것이 된 내 몸에 물을 주신다

탈향가脫鄉歌

고향을 다시 울지 않으리
한식날, 한가위, 정초가 와도
당숙모의 부고가 오고
기차 소리 가슴을 밟고
내리는 눈에 마을이 백지로 비워져 가도
울음 하나로
고향 마루에 어지러운
지푸라기 하나 건져내지 못했으니
보새기 울음은 울지 않으리
속눈썹 끝에 그믐달 뜨고
단풍잎이 사연을 쓰며 떨어지고
비 내려 속절없이 가슴 흙담 무너져 내려도
바람 송곳에 등뼈 시리고
사나운 꿈에 이불 젖어도
내 다시는 고향을 울지 않으리
훗날 어른으로 큰 울음 앞세워 가리

봄 참나무

보는가, 단단한 껍질 속 웅크린
화약 같은 푸른 욕망을
어느 날 다순 햇살 다녀가서
일순 폭발하는,
저 강렬한 연록의 빛다발
몸 안의 모오든 실핏줄
팽팽히 당겨지는 내연의 숨 가쁨
아는가, 참나무는 죽어서도
왜 숯이 되는가를

시간의 그물

굴 속 웅크린 짐승으로 누워
봄 한철을 보냈다
냉장고 안에는 아내가 퇴근 때마다 사온
푸성귀가 가득했으므로 배가 고프진 않았다
베란다 밖으로 펼쳐진 세상을 읽기에도
나는 힘에 부쳤다
나라의 기둥이 무너지고 서까래가 날아가도
나는 아프지 않았다
내 몸이 시들수록, 아내의 눈은 생기로 빛났고
나는 이상하게 먼 곳의 친구조차 그립지 않았다
시간의 그물에 갇혀 나는 행복했다

불

그대의 투명한 내장 속으로
삭정개비 되어 걸어간다
소화력 왕성한 그대의 혀
망설임도 없이, 구절양장으로 걸어온
건조한 일생 꿀꺽 삼킨다
울퉁불퉁한 과거 흔적 없이 지워지고
아아, 소신의 이 기쁨
그렇게 사라진 뒤
폐허의 터전에서 다시 시작될 생이여

시가 써지지 않는 밤

늦도록 내 눈을 다녀간 시집들 꺼내놓고 다시 읽는다
한때 내 온몸의 가지에 붉은 꽃 피우던 문장들
책 속 빠져나와 여전히 흐느끼고 있지만 울음은
그저 울음일 뿐 더 이상 마음이 동요하지 못한다
마음에 때 낀 탓이리라 돌아보면 걸어온 길
그 언제 하루라도 평안한 날 있었던가
막막하고 팍팍한 세월 돌주먹으로 벽을 치며
시대를 울던, 그 광기의 연대는 꿈같이 가고
나 어느새 적막의 마흔을 살고 있다
적을 미워하는 동안 부드럽던 마음의 순은
잘라지고 뭉개지고 이제는 적보다도 내가 나를
경계하여야 한다 나도 그 누구처럼
적을 닮아버린 것이다 돌멩이를 쥘 수가 없다
과녁이 되어버린 나
결혼을 하고 아들을 낳고 아파트를 장만하는 동안
뿌리 잃은 가지처럼 물기 없는 나날의 무료
내 몸은 사랑 앞에서조차 설렘보다는

섹스 쪽으로 기울고 있다 질 좋은 밥도
마음의 허기 끄지 못한다
시가 써지지 않는 밤 늦도록
잘못 살아온, 지울 수 없는 과거를 운다

다시 돋는 별

한때는 신념으로 빛나던 전사들
그때 그대들은 얼마나 찬연했던가
무수한 칠흑의 밤 좌표가 되어
굵은 장딴지에 푸른 동맥 솟게 하던
붉은 고딕 문자들
그 후 별들이 죽고 한동안 골목은
길 잃은 어지러운 발자국
나는 세상을 읽지 않으려 애썼다
그러나 요사이 안 보이던 별들 하나씩 둘씩
다시 돋기 시작한다 별을 밥 말아 먹고 시인들이
사연 많은 이승 하직한 뒤
그들의 남겨진 노래가 저렇듯 파랗게 빛나는 것이다
너와 나 거리가 아득해져서
별들은 지구의 지붕 위 곰살맞게 내려앉는 것이다
사랑이여, 때로 멀어져서 더욱 간절한 벗이여

제6시집

『위대한 식사』

팽나무가 쓰러, 지셨다

우리 마을의 제일 오래된 어른 쓰러지셨다
고집스럽게 생가 지켜주던 이 입적하셨다
단 한 장의 수의, 만장, 서러운 곡哭도 없이
불로 가시고 흙으로 돌아, 가시었다
잘 늙는 일이 결국 비우는 일이라는 것을
내부의 텅 빈 몸으로 보여주시던 당신
당신의 그늘 안에서 나는 하모니카를 불었고
이웃 마을 숙이를 기다렸다
당신의 그늘 속으로 아이스께끼장수가 다녀갔고
방물장수가 다녀갔다 당신의 그늘 속으로
부은 발등이 들어와 오래 머물다 갔다
우리 마을의 제일 두꺼운 그늘이 사라졌다
내 생애의 한 토막이 그렇게 부러졌다

큰비 다녀간 산길

큰비 다녀간 산길 걸을 때 나는
작은 산山이 된다 산꽃이 된다
돌멩이 거칠고 많아도 맨발 아프지 않고
넘어져 무릎 다쳐도 생피 겁나지 않는다
공기는 탁구공처럼 둥글고, 탄력이 있고
내 몸은 바람 많이 든 공처럼 자주 튀어오른다
맘먹고 구르면 어쩌면 하늘까지 솟아오를 것 같다
이렇게 큰비 다녀간 산길, 그 어떤 발자국의
흔적조차 남지 않은 최초의 길을 오롯이
걸을 때만큼은 마을에 두고 온 잡사며 그토록
오랫동안 마음 끓인 이별이며가
길가 풀잎에 남은 물방울처럼
조금 안쓰러울 뿐, 이제 방금 가지 떠나
저 길 안쪽으로 울음 흩뿌리며 사라지는
새의 날갯짓처럼 그저 아무것도 아닌
사소한 것이 된다 그렇게 영혼에 남은
부스럼 딱지가 여물어 떨어지는 것이다

감자꽃

차라리 피지나 말걸 감자꽃
꽃 피어 더욱 서러운 여자女子.
자주색 고름 물어뜯으며 눈으로 웃고
마음으론 울고 있구나 향기는,
저 건넛마을 장다리꽃 만나고 온
건달 같은 바람에게 다 앗겨버리고
아무도 눈길 주지 않는, 비탈
오지에 서서 해종일 누구를 기다리는가
세상의 모든 꽃들 생산에 저리 분주하고
눈부신 생의 환희 앓고 있는데
불임의 여자女子. 내 길고 긴 여정의
모퉁이에서 때 묻은 발목 잡고
퍼런 젊음이 분하고 억울해서 우는
내 여자女子. 노을 속 찬란한 비애여
차라리 피지나 말걸, 감자꽃
꽃 피어 더욱 서러운 여자女子.

위대한 식사

산그늘 두꺼워지고 흙 묻은 연장들
허청에 함부로 널브러지고
마당가 매캐한 모깃불 피어오르는
다 늦은 저녁 멍석 위 둥근 밥상
식구들 말 없는, 분주한 수저질
뜨거운 우렁된장 속으로 겁 없이
뛰어드는 밤새 울음,
물김치 속으로 비계처럼 둥둥
별 몇 점 떠 있고 냉수 사발 속으로
아, 새까맣게 몰려오는 풀벌레 울음
베어 문 풋고추의 독한,
까닭 모를 설움으로
능선처럼 불룩해진 배
트림 몇 번으로 꺼트리며 사립 나서면
태지봉 옆구리를 헉헉,
숨이 가쁜 듯 비틀대는
농주에 취한 달의 거친 숨소리
아, 그날의 위대했던 반찬들이여

민물새우는 된장을 좋아한다

민물새우는 된장을 좋아한다 소문난 악동들 따라 나도 소쿠리에 된장주머니 달아놓고 저수지 가생이에 담가놓는다 미역 즐기다 해거름 출출해지면 소쿠리 건져 올린다 된장주머니 둘레에 새까맣게 민물새우 떼가 매달려 있다 그걸 담은 주전자가 제법 묵직하다 집으로 돌아오다 남의 집 담장 위 더운 땀 흘리는 앳된 애호박 푸른 웃음 꼭지 비틀어 딴 후 사립에 들어선다 막 밭일 마치고 돌아와 뜰팡에서 몸에 묻은 흙먼지 맨수건으로 터는 엄니는, 한 손에 든 주전자와 또 한 손에 든 애호박 담긴 소쿠리 번갈아 바라보다가 지청구 한마디 빼지 않는다 저런 호로자식을 봤나, 싹수 노란 것이 애시당초 큰일 하긴 글렀다, 간뎅이 부어도 유만부동이지 남의 농사 집어 오면 워찍한다냐 워찍하길 그런데도 얼굴 표정 켜놓은 박속같다 아들은 눈치가 빠르다 다음날, 또 다음날도 서리는 계속된다 된장 밝히다 죽은 새우는 애호박과 함께 된장국에 끓여져 식구들 입맛 돋우곤 하였다 그런 날 할머니의 트림 소리는 냇둑 너머까지 들리고 달은 우물 옆 팽나무 가지 휘청하도록 크게 열렸다

싸락눈

싸르락, 싸르락 싸락눈 내리고 싸락눈
내려 한낮의 들뜬 흥분 가라앉는다 싸락눈
살짝살짝 내리는 동안 추억의 보리밭 파랗게
얼어 떨고 비등점 오른 이마의 미열 이내
차갑게 식고 싸리꽃 같은, 상여꽃 같은 싸락눈
천지간 아득할 때 나를 위해 수놓다 목숨
놓은 여자의 흰 목덜미 불쑥 솟아오른다
멍석에 좁쌀 부어놓은 듯 뿌연 뜨물 빛으로
오는 싸락눈 맞아 흐려지는 눈 썩썩,
손등으로 비비고 나면 내 갈 길, 저만큼 달아나서
가까운 훗날 미래의 집 안뜰에 생의 반려자로
심겨져 있을 열정과 겸허의 사계를 사는
상수리나무 마른 가지 하나를 툭, 부러뜨리며
손사래 치고 있다 문득 낯익은 기침 소리
놀라 뒤돌아보면 추회의 발자국
반쯤 몸이 허물어져서 헉헉,
가까스로 나를 따르고 있다 싸르락,

싸르락 싸락눈은 내리고 한 마을이 적막의
울타리에 갇힌다 더운 피가 식고
나는 이제 얼음에 갇힌 돌처럼 냉정해져서
나를 묶어온 지난 모든 일 잊을 수도 있을
것인가 오늘 밤 안으로 싸락눈은 기어코 지독한
독감 불러오리라 그러면 크게 앓고 난 뒤
실컷 울고 일어선 아이같이 내 내일의
생生의 얼굴은 한결 투명하리라 싸락눈이
그치고 하늘이 지붕에 가까워지면 나는
비로소 어른이 되어 오늘의 나를 울고 있는
청년들 달아오른 볼에 입맞출 수도 있으리

제부도

사랑하는 사람과의 거리 말인가
대부도와 제부도 사이
그 거리만큼이면 되지 않겠나

손 뻗으면 닿을 듯, 그러나
닿지는 않고, 눈에 삼삼한,

사랑하는 사람과의 깊이 말인가
제부도와 대부도 사이
가득 채운 바다의 깊이만큼이면 되지 않겠나

그리움 만조로 가득 출렁거리는,
간조 뒤에 오는 상봉의 길 개화처럼 열리는,

사랑하는 사람과의 만남 말인가 이별 말인가
하루에 두 번이면 되지 않겠나
아주 섭섭지는 않게 아주 물리지는 않게

자주 서럽고 자주 기쁜 것

그것은 사랑하는 이의 자랑스러운 변덕이라네

부활을 꿈꾸며

산속으로 들어갈수록 더욱 숨이 찬 것은
딱딱하고 두꺼워지는 공기 때문만은 아니다
산속으로 들어갈수록 내가 읽어야 할
저 벅찬 운문의 깊이
나뭇가지 하나하나가 회초리 되어
내 부패한 살[肉]이 아프다
잘 여문 상수리 한 알 떨어져
발밑으로 구르다가 멈춘다
저 한 알의 침묵이 태산처럼 무거워
나는 웃옷 벗어 어깨에 걸친다

지난 계절 나는 스캔들로 지나치게
마음이 분주했고 수다스러웠다
슬픔과 상처는 약 되지 못하고
독이 되어 나를 쓰러뜨렸다

산속으로 들어갈수록 아픈 발의 투정이

더욱 심해진 것은 가팔라지는 길 탓만은 아니다
산속으로 들어갈수록 내가 들어야 할
저 절절한 푸른 사연과 고백
나뭇잎 하나하나가 눈물이 되어
썰물 뒤의 개펄 같은 마음을 덮는다
비탈에 오롯이 서서 암향暗香을
마을 쪽으로 흘려보내는 수국의
고요한 웃음이 하도 크고 넓어서
나는 불현 관절이 시리고 절로 무릎이 꺾이다

외지外地에서

소래포구에서 송도 쪽으로 난 철길 따라 걷는다
작년 여름에도 나는 이 길을 걷고 있었던가 그때
그리움의 새 아직 가슴의 둥지 떠나지 않고 있었던가
기차가 오지 않는 녹스는 철도
유월의 올이 굵은 햇살 강하게 부딪혀 와도
반짝이지 않는다 침묵의 저 완강한
검은 얼굴이 나는 낯설지 않다
습기 품은 낮고 축축한 바람이 불어온다
그때마다 잡풀들은 어쩔 수 없다는 듯 게으르게 흔들린다
그러나 나는 안다, 저 잡풀들의 숨겨진 캄캄한 식욕을
저들은 언젠가 우울과 권태 그리고 마침내
이 녹슨 철도까지를 삼켜 저들의 영토 넓혀가리라
저들은 한때 우리들 생의 용기였고 구원이었다
그러나 나는 지금 저 잡풀들의 식탐이,
절망과 패배 모르는, 악착같은, 생의 집착이
싫어졌다 무료하게 누워 있는 두 줄의 적색 선로
저들에게도 광휘로 빛나던 날이 있었다 그러나

하얗게 반짝이며, 수많은 승객과 화물을 실은
기차의 중압 보람으로 견디던 날들은 지나갔다
지금은 다만 외지外地에서
조용히 누워 소멸의 긴 시간 보내고 있을 뿐이다
오지 않는 기차, 더 이상 기다리지 않는, 녹스는
철길 따라 웃자란 잡풀 짓이기며 나는 걷는다
진흙이 달라붙어 발걸음이 무겁다
아무래도 송도까지는 생각보다 긴 시간이 걸릴 것 같다

소풍은 끝났다

그해 불타는 세월에 매 맞고 마음 바닥에 큰 구멍 생겨났을 때 나는, 현실의 소음과 상식 피해 꽃 찾았다 세상 인연과 멀어지기 위해 두 귀, 두 눈 감았다 그때 우연처럼 강렬하고도 매운 향기의 꽃 두 손 뻗어와 세월의 먼지로 두꺼워진 몸 말갛게 씻어주었다 나는 운명의 장자가 되고 싶었다 세상의 통념 관습 도덕으로부터의 도피, 그 무엇보다 천륜을 어기고 싶었다 세상의 모든 범죄, 세상의 모든 사랑이 용서되었다 꽃그늘에 배 채운 한 마리 새로 앉아서 저만큼 미친 듯 휩쓸려가는 세월의 구두 뒷굽을 먼 나라에서 온 엽서인 양 바라보았다 방관에 몰두하기. 몸의 불꽃만이 구원이었으므로 나는 한 마리 눈먼 벌레로 기꺼이 꽃의 살[肉] 속에 생을 담갔다 회한은 생의 종착 뒤에 남을 것. 마약 같은 날들은 살[矢]처럼 빠르게 지나갔다 세상으로부터 나는 지우개 만난 낙서처럼 잊혀져 갔다 나는 머리, 가슴보다는 다리로 생의 페이지 메워 나갔다 욕망은 팔수록 원의 둘레가 커졌다 나는 전율하며 원에 갇혀 행복했다 세상으로부터 너무 멀리 걸어와 있는 동안 축축한 생의 장판엔 곰팡이 무성했다 나라엔 서까래가 무너지고 지붕이 날아갔다 꽃의 살만이 유일한 생의 위로였다 그러나 집착이 두려운 꽃은 향기 대신 독을 주었다 소풍은 끝나버렸다 종교 외에 어디에도 구원은 없었다 멀리서 개 짖는 소리가 들려왔다 나는 불현 세상의 소음, 그것이 그리워졌다

제7시집

『푸른 고집』

저수지

그녀 스스로 속 내보인 적은 없다
아무도 그녀의 나이를 모른다
나는 그녀가 크게 웃거나 우는 것을
본 적이 없다 잔주름 많고 검푸른 눈엔
그렁그렁 수심이 고여 있다
수심 깊어서 한낮엔 앞산 뒷산을 담고
밤에는 천상의 것들 넉넉히 품는다
어느 해인가 빚에 쫓겨 도망다니던,
성실했으나 불운했던 사내 끌어들여
서방으로 삼았다는, 구설 끊이지 않는
무서운 여자 비밀 많은 그녀가 딱 한 번
궁금한 속 내비친 적이 있다
지독한 가뭄이 있던 그해 그 여름
화냥년 되어 가랑이 쩍 벌리고 누워
소문 듣고 온 남정네들 설레게 했다
그녀 진흙 같은 자궁 속에는 팔뚝만 한
잉어며 붕어들이 나뒹굴고 꿈틀대며

129

쩍쩍 입 벌리고 있는 것이었다
수심 깊은 여자
위기의 사내들이 가장 먼저 떠올리는
아무리 나이를 먹어도 늙지 않는 여자

도꼬마리

무엇이든 한 번 움켜쥐면 절대 놓지 않는다
그녀의 끈적한 생의 집착, 돌이켜 생각하니
마땅히 두 손 들어 올려 경배해야 할
거룩한 삶이었구나 고리똥바지며 새의 깃털
털 부숭한 짐승의 아랫도리
다 그녀의 가난하나 당당한 생의 기차이고
버스이고 여객선이었구나 그렇게 악착같이
생을 모종하고 마침내
먼 이역 낯선 풍토에 풍요의 일가 이루신 이여
그러나 그 어떤 시간도 그녀에게 안식년
허락하지 않는다 목숨 부지하는 한 번식과
영토 확장 위해 그녀는 또 어디로든 출분
서둘러야 하는 것이다 모여서는 흩어지고
흩어져선 다시 모이는 종착 없는 그 먼 여정,
유목의 나날이여
종갓집도 없이 떼 지어 살면서도 유랑을 사는
가이아의 적자여, 운명의 눈부신 집요함이여,

인생
—애월에서

저무는 먼바다 먹빛으로 잔잔한데
방파제 둑 위, 할머니 한 분 천천히
걸어가고 있었네, 유모차 밀며.
흑백의 풍경 속 몇 겹으로 주름진 시간
고여 출렁이고 있었네
저무는 먼바다 하늘로 이어지는 지평선에서
노을은 가지를 떠나는 꽃잎같이 점으로
흩어져 선홍이 낭자한데
거북처럼 낮게 몸 웅크린, 지금은 다만
묵직한 침묵으로 밤을 기다리는,
밤이 오면 어화 피고 먹물 튀기며
비린내 땀내 진동할 오징어잡이 선박들
등 뒤에 두고
방파제 둑 위, 등이 활같이 휜 할머니 한 분
천천히 실루엣으로 걸어가고 있었네,
아주 먼 미래를 밀며.

푸른 개

다 늦은 저녁 광화문 새문안교회 앞
나를 실어다 줄 차 기다리고 있는데
행인들 붐비는 인도 소음과 매연 뚫고 오는
절뚝거리는 늙은 개 한 마리를 보았다
피해망상증으로 주위 두리번거리며
걷는 그의 눈빛과 측은하게 쳐다보는
나의 눈빛이 한순간 허공에서 한 몸으로
얼크러져 점화되었다 등허리 가득 가시가
돋고 땀이 못처럼 솟아올랐다
저 묵직한 상처는 대관절 어디에서
얻어오는 것일까 그의 집은 또 어디여서
불구의 생활을 끌고 저토록 처절하게
기어가듯 하염없이 걸어가는 것일까
멀어져 가는 그에게서 눈길 떼지 못하고
나는 소년처럼 울먹거렸다
생의 본적과 주소 잃고 멀리 타관
인간의 마을에서 낯선 생

의무처럼 살다가는 그의 동족들을 떠올렸다
생각해보면 오체투지 아닌 삶이 어디 있으랴
어쩌면 나도 그처럼 이방의 나라에 강제
전입된 신민의 하나로 구인된 식민의 생
살아가기는 마찬가지일 것이다
다 늦은 저녁 광화문 새문안교회 앞
아직 구원되지 못한 형제자매들 사이
비집고 걷는 늙은 개 한 마리의 푸른 눈빛
속에서 나는 노여운 슬픔을 읽고 있었다
나의 먼먼 전생과 후생을 보고 있었다

풍경

흐르는 물에 상춧잎 씻듯 시간의 상처
씻어주는 것들, 풍경 속에 약손이 있다
우수 경칩 지나 몸 푼 강물과 초롱초롱
눈 뜬 초록별 그리고 지상으로 기어 올라와
부신 햇살 속으로 얼굴 디밀고는
어리둥절한 지렁이의 가는 허리와
꿈틀거리는 봄날의 오솔길
등속이 피워내는 적막의 부드럽고 따뜻한
혀가 쩍, 벌어진 진애의 살[內]을 핥는다
풍경 속으로 풍경 되어 걸어가면
순간의 열락으로 몸은 한지처럼 얇고 투명해진다
풍경은 붕대다
늙고 지친 생을 감고 부옇게 떠오르는
생활의 거품 천천히 가라앉기를 기다린다
그러나 언젠가 새살 돋아 가려워진 생은
풍경의 울타리를 벗어나 스스로 걸어 나올 것이다

구드레나룻터

열정과 그리움 빠져나간 시든 몸으로
주막에 앉아 술을 마신다 파산한
친구의 서러운 이야기도 이야기지만
저물어 소리 더욱 투명한
강물을 본다 생의 어느 한 굽이
제 목숨에 위태로운 살 떨리는 소용돌이 격정도
하류에 이르면 높낮이 없이 겸허의 물결로
잔잔하리라 오후의 생을 산다는 것은 무엇인가
큰물 자주 다녀가는 강둑을 거처로 삼은
나무로 서서 사는 동안은
때로 줄기 떠나는 가지들의 아픈 내력을 묵묵히
견뎌야 한다 나이 들수록 마음의 마당
넓어지지 않고 뽑아낼수록
욕망의 잡초는 웃자라 무성해지는 것이냐
노을이 아름다운 날
어깨에 둘러멘 바랑에 조약돌 가득 담아
강물 속으로 걸어 들어간 내 젊은 날의 여승은

지금 저쪽 생의 어느 모퉁이를 걸어가고 있을 것인가
수북이 밤은 내려서
돌아갈 노잣돈까지 털어 마시고
문득 돌아갈 길이 끊기고
강과 마을과 산은 한 몸이 되어 낮게 출렁거린다

장독대

이제 다시 그처럼 깨끗한 기도 만날 수 없으리
장독대 위 정한수 담긴 흰 대접에서
은은한 빛이 뿜어져 나오고 있었다
어둠은 도둑 걸음으로 졸졸졸 고여오다가
흰빛에 닿으면 화들짝 놀라 내빼고는 하였다
어머니는 두 볼에 홍조 띄우고
두 손 가지런히 모아
천지신명께 일구월심 가족의 소원 대신 빌었다
감읍한 뒷산 나무들 자지러지게 잔가지를 흔들고
별꽃 서너 송이 고개 끄덕이며 더욱 환하게
웃어주었다 그런 새벽이면 어김없이 얼어붙은
비탈에 거푸 엎어져 무릎 까진 밤새 울음이 있었다
풀잎들은 잠에서 깨어 부스럭대고
바지런한 개울물 들을 깨우러 가고 있었다
촘촘하게 짜여진 어둠의 천 오래 입은 낡은 옷 되어
툭툭 실밥이 터질 때 야행에 지친 파리한 달빛
맨발로 걸어 들어와 벌컥벌컥 마셨다

광석들 가로지르는 서울행 기차 목 쉰 기적이
달아오른 몸 담가 오기도 하였고 밤나무의,
그중 실한 가지가 손 뻗어오기도 했으나
정한수는 줄지 않았다
장독대 내 생의 뒤뜰에 놓여 있는,
생활이 타서 갈증으로 목이 마를 때
흰빛 내밀어 권하시는,
내 사는 동안 내내 위안이고 지혜이신 어른이시여,

테니스 치는 여자

테니스 치는 여자는 물속 유영하는 물고기 같다
그녀의 동작은 단순하지만 매우 율동적이다
물오른 그녀의 종아리는 자작나무의 허리처럼 매끄럽다
땀 밴 등허리에 낙지발처럼 와서 안기는 햇발
통통, 바람 많이 든 공처럼 그녀의 종아리가 튀어 오르면
수음하는 소년처럼 나는 숨이 가쁘다 두 팔에 힘을 주어
그녀가 라켓을 휘두를 때 깜짝깜짝 놀라며 파랗게 몸을
뒤집는
이파리들, 내 마음의 사기 그릇들 반짝반짝 웃는다
네트를 넘어오는 발 빠른 공에 시선을 집중하는
그녀의 눈 속으로 오후의 낡고 오래된 시간들이 갑자기
생기를 띠고 소용돌이치며 빨려 들어가고 있다
날마다 오후 세 시 공원에 나와 하얀 미니스커트 차림
으로
테니스를 치는 여자 그녀를 바라보는 동안
내 마음의 뜰에 그리움의 풀씨 내려와 싹을 틔운다
알맞게 달구어진 그녀의 팔뚝이 지나간 허공에

몰려드는 파란 공기 입자들 그녀가 테니스를 치는 동안
세상은 발칙한 소녀와 같이 건방지고 젊어진다 그녀가
간간이
터뜨리는 웃음으로 세상은 환하고 눈부신 꽃밭이 된다
테니스 치는 여자는 공중을 나는 새처럼 가볍다
저 가벼움이야말로 무거운 세상을 이기는 힘이 아닐까
세상의 짐을 내려놓고 풍경이 되어 풍경 속을 거닌다

문의 마을에 와서

도처에 누군가 아무렇게나 던진
돌에 맞은 죽음이 즐비했다 길 끝으로
길이 열리지 않고 마을을 빠져나온
길들은 모가지를 꼿꼿이 세우고는
어디론가 총총히 사라져선 다시는
돌아오지 않는다 나는 죽음 다음의 생을
믿지 않은 지 오래되었다 아내의
나에 대한 불신은 이런 미래에의 종언을
내가, 흙에 물이 스미듯 절대적으로
신봉하는 데 있다 죽음은
더 이상 삶을 껴안지 않고 저 홀로
갈 길을 간다 죽음은 그저 통속의
잡지처럼 속될 뿐이다 좌판에 나앉은
죽음의 나신들이 싼값에 거래되는
것을 본 적이 있다 누군가 심심풀이
땅콩으로 던진 돌에 맞고 히죽히죽
웃는 죽음들이 거리를 활보하고 있다

아아, 신성을 잃은 죽음이 옥상 위

빨래처럼 널려 펄럭이고 있다

한강

강물은 이제 범람을 모른다
좌절한 좌파처럼 추억의 한때를 가지고 있을 뿐이다
그는 크게 울지 않는다
내면 다스리는 자제력 갖게 된 이후
그의 표정은 늘 한결같다
그의 성난 울음 여러 번 세상 크게 들었다
놓은 적 있다 그러나 그것은 이미 약발 떨어진 신화
그의 분노 이제 더 이상 저 두껍고 높은
시멘트 둑 넘지 못할 것이다
그는 오늘 권태의 얼굴을 하고 높낮이 없이
저렇듯 고요한 평상심, 일정한 보폭 옮기고 있다
누구도 그에게서 지혜를 읽지 않는다
손발톱 빠지고 부숭부숭 부은 얼굴
신음만 깊어가는, 우리에 갇힌 짐승 마주 대하며
늦은 밤 강변에 나온 불면의 사내
연민, 회한도 없이 가래 뱉고 침을 뱉는다
생활은 거듭 정직한 자를 울린다

어제의 광영 몇 줄 장식적 수사로 남아 있을 뿐

누구의 가슴도 뛰게 하지 못한다 그 어떤 징후,

예감도 없이 강물은 흐르고 꿈도 없이 우리는 나이를 먹
는다

찬란한 야경 품에 안은 강물은

저를 감추지 못하고

다만, 제도의 모범생 되어 순응의 시간을 흐르고 있다

제8시집

『저녁 6시』

국수

늦은 점심으로 밀국수를 삶는다

펄펄 끓는 물속에서
소면은 일직선의 각진 표정을 풀고
척척 늘어져 낭창낭창 살가운 것이
신혼 적 아내의 살결 같구나

한결 부드럽고 연해진 몸에
동그랗게 몸 포개고 있는
결연의 저, 하얀 순결들!

엉키지 않도록 휘휘 젓는다
면발 담긴 멸치 국물에 갖은 양념을 넣고
코밑 거뭇해진 아들과 겸상을 한다

친정 간 아내 지금쯤 화가 어지간히는 풀렸으리라

갈퀴

흙도 가려울 때가 있다
씨앗이 썩어 싹이 되어 솟고
여린 뿌리 칭얼대며 품속 파고들 때
흙은 못 견디게 가려워 실실 웃으며
떡고물 같은 먼지 피워 올리는 것이다
눈 밝은 농부라면 그걸 금세 알아차리고
헛청에서 낮잠이나 퍼질러 가는 갈퀴 깨워
흙의 등이고 겨드랑이고 아랫도리고 장딴지고
슬슬 제 살처럼 긁어주고 있을 것이다
또 그걸 알고 으쓱으쓱 우쭐우쭐 맨머리 새싹은
갓 입학한 어린애들처럼 재잘대며 자랄 것이다
가려울 때를 알아 긁어주는 마음처럼
애틋한 사랑 어디 있을까
갈퀴를 만나 진저리치는 저 살들의 환희
모든 살아 있는 것들은
사는 동안 가려워 갈퀴를 부른다

깊은 눈

마을회관 한구석 고물상 기다리며
한 마리 늙고 지친 짐승처럼 쭈그려 앉은,
흙에서 멀어진 적막과 폐허를 본다
한때 쟁기가 되어 수만 평의 논 갈아엎을 때마다
무논 젖은 흙들은 찰랑찰랑 얼마나
진저리치며 환희에 바르르 떨어댔던가
흙에 발 담가야 더욱 빛나던 몸 아니었던가
논일 끝나면 밭일, 밭일 끝나면
읍내 장터에, 잔칫집에, 떡방앗간에, 예식장에, 초상집에,
공판장에, 면사무소에, 군청에, 시위 현장에
부르는 곳이면 가서 제 할 도리 다해온 그였다
눈 많이 내렸던 겨울밤 만취한 주인 싣고 오다가
멀쩡한 다리 치받고 개울에 빠져 저세상으로 먼저 보내고
저 또한 팔다리 빠지고 어깨와 허리 크게 상하기도 했던
돌아보면 파란만장한 노동의, 그 오랜 시간을
에누리 없이 오체투지로 살아온 그가 오늘
바람이 저를 다녀갈 때마다

무력하게 검붉은 살비듬이나 쏟아내고 있는 것이다
생각해보면 몸의 기관들 거듭 갈아 끼우며
오늘까지 연명해 온 목숨 아닌가
올봄 마지막으로 그가 갈아 만든 논에
실하게 뿌리내린 벼 이삭들 다디단 가을볕
족족 빨아 마시며 불어오는 바람 출렁, 그네 타는데
때늦게 찾아온 불안한 안식에 좌불안석인 그를
하늘의 깊은 눈이 내려다보고 있다

좋겠다, 마량에 가면

몰래 숨겨놓은 애인 데불고
소문조차 아득한 포구에 가서
한 석 달 소꿉장난 같은 살림이나 살다 왔으면,
한나절만 돌아도 동네 안팎
구구절절 훤한, 누이의 손거울 같은 마을
마량에 가서 빈둥빈둥 세월의 봉놋방에나 누워
발가락 장단에 철 지난 유행가나 부르며
사투리가 구수한, 갯벌 같은 여자와
옆구리 간지럼이나 실컷 태우다 왔으면,
사람들의 눈총이야 내 알 바 아니고
조석으로 부두에 나가
낚싯대는 시늉으로나 던져두고
옥빛 바다에 시든 배추 같은 삶을 절이고
절이다가 그것도 그만 신물이 나면
통통배 얻어 타고 횡, 먼바다 돌고 왔으면,
감쪽같이 비밀 주머니 하나 꿰차고 와서
시치미 뚝 떼고 앉아

남은 뜻도 모르는 웃음 실실 흘리며
알량한 여생 거덜 냈으면,

저녁이 온다

쿨럭쿨럭 각혈하듯

검붉은 저녁 절뚝거리며 온다

공원의 숲속 문득 적막해지고

저녁은 쿨럭쿨럭

한바탕 함박눈 쏟아놓을 듯

잔뜩 흐려 있다

이런 날은 어디 먼 데서
십수 년 소식 끊긴 인척
기우뚱, 열려 있는 철대문 사이로
낮달처럼 창백한 얼굴 슬그머니 들이밀 것만 같다

쿨럭쿨럭 어제보다 더 크게

접촉 불량의 형광등처럼 그렁그렁

앓는 소리로 저녁이 성큼,

내 속의 그늘로 들어서고 있다

소리에 업히다

자지러지는 풀벌레 울음의 들것에 실려

둥둥, 풀밭을 떠내려간다

장대비로 쏟아지는 매미 울음의 수레에 실려

후끈 달아오른 자갈길 시원하게 내려간다

젖어 무거운 생 가볍게 업고 가는

소리의 뒷등 멀찍이 바라다본다

저녁 6시

저녁이 오면 도시는 냄새의 감옥이 된다
인사동이나 청진동, 충무로, 신림동,
청량리, 영등포 역전이나 신촌 뒷골목
저녁의 통로를 걸어가 보라
떼 지어 몰려오고 떼 지어 몰려가는
냄새의 폭주족
그들의 성정 몹시 사나워서
날선 입과 손톱으로
행인의 얼굴 할퀴고 공복을 차고
목덜미 물었다 뱉는다
냄새는 홀로 있을 때 은근하여
향기도 맛도 그윽해지는 것을,
냄새가 냄새를 만나 집단으로 몰려다니다 보면
때로 치명적인 독
저녁 6시, 나는 마비된 감각으로
냄새의 숲 사이 비틀비틀 걸어간다

팽이

오늘 나는 한 방향만을 고집하는
저 낯익은 사내에 대해 다시 노래하련다
회초리가 와서 자신의 몸을
때리면 때려댈수록 더욱
돌고 돌면서 미쳐 날뛰면서 그는
회초리가 빨리 더 빨리
다녀가기를 간절히 바라고 있다
맹렬한 속도로 돌고 도는 관성은
바라보고 있으면 바닥에 뿌리를 내린 것처럼
직립의 회전을 보이기도 하나
주기적인 매질이 없으면
언제라도 바닥에 내팽개쳐질 가련한 신세
그러기에 팽이는 돌면서 매를 부르고
회초리는 팽이의 몸에 척척 감기며
가학의 쾌감에 전율한다
저 현기 속에 오늘의 우리가 있다
오, 저것은 얼마나 지독한
자본의 마조히즘과 사디즘이란 말인가

부드러운 복수

시는 삶에 대한 부드러운 복수라는데
혹, 나의 시는 내 가난한 삶에 대하여
너무 지독한 복수를 꿈꾸어온 것은 아닐까
어쩌면 나는 내 생을 지나치게 분식해왔는지 모른다
어쩌면 나는 내 삶을 지나치게 연민해왔는지 모른다
어쩌면 나는 떠난 사랑에 지나치게 집착해왔는지 모른다
어쩌면 나는 한 시대 불같이 뜨거운 이념에,
높고 푸른 이상에, 창백한 미래에, 어쩌다
바람에 불려 가로수에 매달리게 된 검은 봉지처럼
위태위태 휘둘려왔는지 모른다
생의 바다에 낡은 그물 고집스럽게 던져오면서
우연히 행운의 대어가 걸려들기를 바라왔는지 모른다
시는 삶에 대한 부드러운 복수라는데
나는 목청 높여 과장되게 고함치고 울어왔는지 모른다
언젠가 나는 죽을 것이고 내가 낳은
부실한 시편들 중 몇몇은 남아 죽은 나를
비웃을지 모른다 생각하면
참으로 두려운 일이다

백련사 동백꽃

동백나무들은 장애수障碍樹였다
암 병동 환자들처럼 하나같이 괴롭고 불편한 육신들
성긴 가지끼리 깍지를 껴,
서늘한 그늘 드리우고
임종 직전 꾸역꾸역 환자가 토해내던 피
뭉클뭉클 붉게 피우는 꽃숭어리들,
지병 안고 사는 자들의 소리 죽인 통곡으로
체한 듯 속이 먹먹하다
추醜가 만든 미美, 추사 김정희 서체를 닮은,
백련사에 가지 말았어야 했다
봉해놓은 과거의 매듭 풀리고 방 안 가득
질펀하게 울음 쏟아붓는,
귀양에서 풀려나 다시 몸과 마음 꽁꽁 묶어오는 것들
지독히 불운한 인연들,
아름다운 사랑은 모두 속 붉은 병이었다

161

물속의 돌

둥글둥글한 돌 하나 꺼내 들여다본다
물속에서는 단색이더니 햇빛에 비추어보니
여러 빛 몸에 두르고 있다
이리 보고 저리 보아도
둥글납작한 것이 두루두루 원만한 인상이다
젊은 날 나는 이웃의 선의,
반짝이는 것들을 믿지 않았으며
모난 상相에 정이 더 가서 애착을 부리곤 했다
처음부터 둥근 상像이 어디 흔턴가
각진 성정 다스려오는 동안
그가 울었을 어둠 속 눈물 헤아려본다
돌 안에는 우리가 모르는 물의 깊이가 새겨져 있다
얼마나 많은 물이 그를 다녀갔을까
단단한 돌은 물이 만든 것,
돌을 만나 물이 소리를 내고
물을 만나 돌은 제 설움을 크게 울었을 것이다
단호하나 구족具足한 돌 물속에 도로 내려놓으며
신발 끈을 고쳐 맨다

젊은 꽃

때 되면 누구에나 밀려드는 시간의 밀물
막아낼 재간이 없다
물에 잠긴 자리마다 검게 죽어가는 피부
지나온 생의 무늬는 목까지 차오른다
하루의 팔 할을 사색으로 보내는 그,
긴 항해 마치고 돌아온 목선처럼 지쳐 있지만
바깥으로 드리운 그늘까지 늙은 것은 아니다
주름 많은 몸이라 해서 왜 욕망이 없겠는가
봄이면 마대 자루 같은 그의 몸에도 연초록
희망이 돋고 가을이면 붉게 물드는 그리움으로
깡마른 몸 더욱 마르는 것을,
늙은 나무가 피우는 저 둥글고 환한 꽃
찾아와 붐비는 나비와 벌들을 보라
검은 피부에도 가끔은 꽃물이 든다

제9시집

『경쾌한 유랑』

돌로 돌아간 돌들

돌 속으로 들어가 돌과 함께

허공 소리치며 날던 때가 있었다

번쩍이는 것들,

유리창을 만나면 유리창을 부수고

헬멧 만나면 푸른 불꽃 피워 올리며

맹렬한 적개심으로 존재를 불태웠던

질풍노도의 서슬 퍼런 날들이 가고

돌들은 흩어져 여기저기 땅속에 처박혔다

돌 속에서 비칠, 어질 사람들이 나오고

비로소 돌로 돌아간 돌들

저마다 각자 장단 완급의, 고요한

풍화의 시간 살고 있다

눈

찬비에 젖는 비석처럼 냉정하게 세계를 바라보는 눈

비 다녀간 강물처럼 불어난 생의 슬픔을 글썽대는 눈

풍경 담은 호수처럼 깊어지는 눈

사금파리로 창 긁는 소리 연신 뱉어내는 연인의 눈빛 앞
에서 바람 만난 촛불로 일렁대는 눈

믿는 도끼에 발등 찍히고 숯불처럼 맹렬하게 적의로 불
타는 눈

잘 익은 여자의 관능 게걸스럽게 훔쳐 먹으며 검불 삼킨
듯 붉게 충혈된 눈

혀보다 먼저 음식에 손을 대는 눈

정당한 권위 앞에서 머루알처럼 순해지는 눈

거짓말 애써 감추려 커서처럼 깜박거리는 눈

들킨 비밀로 놀라 동자를 지우고 눈 밖으로 흘러나올 듯 흰자위가 번지는 눈

맛보고 소리 내고 냄새 맡고 느끼는 눈

이 능청맞고 뻔뻔하고 사악하고 변덕스럽고 천연덕스러운 데다 깊고 솔직하고 겸손하고 자애롭기까지 한 눈 감고 잠을 청하는 밤,

망막 속으로 외화의 자막처럼 숨 가쁘게 지내온 하루가 지나가고 있다

무중력 저울

그는 달고 재는 일로 세상 이치 궁구하던 자
꼼꼼하게 저를 다녀가는 세세한 차이를
눈금으로 읽어내 존재들 가치를 증명해왔다
슬쩍 바람이 몸 얹기만 해도
파르르 진저리치며 파동 보이던,
바늘 촉수를 누구라서 감히 눈속임할 수 있었겠는가
경중에 따라 위계 매겨온 냉혈한
무게들은 고개 숙여 경의를 표해왔다
그렇게 평생 판단하고 재단하는 일로 살아온 그가
어느 날 문득 중심축 잃고 난 뒤
기관들 신경 줄 끊어지고 감각들은 몸을 빠져나갔다
이후 그는 자신이 지금껏 애써 지켜온
추에 대한 절대적 확신을 스스로 부인하였다
생에 위반과 반전이 일어난 것이다
무게의 차이는 가치의 서열일 수 없으므로
기능 상실한 추를 떼어낼 것
세계 안의 편재하는 사물은 각자 저마다의 무게로

고유한 최대치의 절대성을 지녀 살아간다는 것
그러니 무게의 이력들을 더 이상 개관하지 말 것
그리하여 그렇게나 많이 주렁주렁 길고
무거운 전력 담은 벽보와 전단지 인생들의 발길
끊어지고 철저히 버려진 채 그는 고립무원의
외톨이가 되었다 그리하여, 추수
끝난 벌판의 검불처럼 속진의 셈본으로부터
벗어나 생애 처음으로 무력한 자유가 주어졌다

간절

삶에서 '간절'이 빠져나간 뒤
사내는 갑자기 늙기 시작하였다

활어가 품은 알같이 우글거리던
그 많던 '간절'을 누가 다 먹어 치웠나

'간절'이 빠져나간 뒤
몸 쉬 달아오르지 않는다

달아오르지 않으므로 절실하지 않고
절실하지 않으므로 지성을 다할 수 없다

여생을 나무토막처럼 살 수는 없는 일
사내는 '간절'을 찾아 나선다

공같이 튀는 탄력을 다시 살아야 한다

주름진 거울

거울 속 굵게 팬 주름들 곁,
갓 태어난 잔주름들
어느새 일가를 이루었구나

저 굴곡과 요철은
시간의 밀물과 썰물이 만든 것

주름 문장을 읽는다
주름 속에는 눈 내리는 마을이 있고
눈에 거듭 밟히는
윤곽 흐릿한 얼굴이 있고
만지면 촉촉이
손에 습기가 배는 풍금 소리가 있다

이마에서 발원한 주름 물결
번져서 온몸을 덮으리라

시소의 관계

놀이터 시소 놀이하는
아이들 구김살 없이 환한
얼굴 넋 놓고 바라다본다
저 단순한 동어반복 속에
황금 비율이 들어 있구나
사랑이란 비율이 만드는 놀이
상대의 무게에 내 무게를
맞출 줄 알아야 한다
엇나가기 시작한 관계들이여,
놀이터에 가서 어린아이로
시소에 앉아보아라
놀이에 몰두하는 아이들은
그러자는 약속, 다짐도 없이
서로의 무게를 받들 줄 안다

수평선

수평은 고요가 아니다
수평은 정지가 아니다
가만히 들여다보라
선 안팎 넘나들며 밀려갔다
밀려오는 격렬한 몸짓,
소리 없이 포효하는 함성을
저, 잔잔한 수평 안에는
우리가 어림할 수 없는
천연의 본성이 칼날을 숨긴 채
숨, 고르고 있는 것이다
저 들끓는 정지와 고요가
바깥으로 돌출하는 날
수평은 날카롭게 찢어지리라

제 속 들키지 않으려
칼날의 숨 재우고 있는
저 온화한 인품의
오랜 침묵이 나는 두렵다

웃음의 배후

웃음의 배후가 나를 웃게 만든다
자꾸 웃음이 나온다
밥 먹으면서 풉풉 길 걸으며 낄낄
앉아서 웃고 서서 웃고 누워서 웃는다
수업하다가 허허 차 타면서 헤헤
잠자다 깨어 웃고
소리 내어 웃고 소리 죽여 웃는다
누가 보거나 말거나
몸에 난 사만 팔천 개의 구멍을 열고
비어져 나오는 웃음의 가래떡
찡그리면서 웃고 이죽거리며 웃는다
웃는 내가 바보 같아 웃고
웃는 내가 한심해서 웃는다
이렇게 언제나 나는 가련한 놈
웃다가 웃다가 생활의 목에
웃음의 가시가 박힐 것이다

백지의 공포 앞에서 볼펜이 웃고
웃음의 인플루엔자에 전염된
꽃들이 웃고 새들이 웃고
애완견과 밤 고양이가 웃고
가로수가 웃고 도로가 웃고 육교가 웃고
지하철이 웃고 버스가 웃고 거리의
간판들이 웃고 티브이, 컴퓨터가 웃고
핸드폰, 다리미, 냉장고, 식탁,
강물, 들녘이 웃고 산과 하늘이 웃는다
동심원을 그리며 번져가는
웃음의 장판 무늬들
그러다가 돌연 사방팔방 안팎에서
떼 지어 몰려와
두부 같은 삶 물었다 뱉는,

가공할 웃음의 저 허연 이빨들
웃음의 감옥에 갇혀 엉엉 웃는다

우리 집 선풍기는 고집이 세다

그이가 우리 집에 들어온 게 신혼 초니까
벌써 이십 년, 결코 작은 세월이 아니다
물건의 입장에서 보면 이제 노년에 든 셈이다
처음 청년의 몸으로 들어올 때는
구릿빛 근육이 참으로 탐스러웠다
그러나 누구든 세월의 횡포를 이길 순 없다
그의 몸도 이제 여기저기
시간의 흔적이 남아 있는 것이다
요사이는 부쩍 관절염과 신경통이 심해졌는지
앓는 소리가 잦고 요란하다
그러면서 성정도 예전과 달리 강팔라졌다
그렇게 순하게만 굴던 그에게
전에 없는 치매성 고집이 생긴 것이다
그래도 달래면 곧잘 듣더니 근자에 들어서는
달랠수록 더 심통 부리며 엇나가기만 한다
저라고 왜 인욕의 시간이 없었겠는가

경쾌한 유랑

새벽 공원 산책 길에서 참새 무리를 만나다
저들은 떼 지어 다니면서 대오 짓지 않고
따로 놀며 생업에 분주하다
스타카토 놀이 속에 노동이 있다
저, 경쾌한 유랑의 족속들은
농업 부족의 일원으로 살았던
텃새 시절 기억이나 하고 있을까
가는 발목 튀는 공처럼 맨땅 뛰어다니며
금세 휘발되는 음표 통통통 마구 찍어대는
저 가볍고 날렵한 동작들은
잠 다 빠져나가지 못한 부은 몸을,
순간 들것이 되어 가볍게 들어 올린다
수다의 꽃피우며 검은 부리로 쉴 새 없이
일용할 양식 쪼아대는,
근면한 황족의 회백과 다갈색 빛깔 속에는
푸른 피가 유전하고 있을 것이다
새벽 공원 산책 길에서 만난,
발랄 상쾌한 살림 어질고 환하고 눈부시다

제10시집

『슬픔에게 무릎을 꿇다』

슬픔에게 무릎을 꿇다

어항 속 물을

물로 씻어내듯이

슬픔을 슬픔으로

문질러 닦는다

슬픔은 생활의 아버지

무릎을 꿇고

두 손 모아 고개 조아려

지혜를 경청한다

폐선들

신발장 속 다 해진 신발들 나란히 누워 있다

여름날 아침 제비가 처마 떠나 들판 쏘다니며

벌레 물어다 새끼들 주린 입에 물려주듯이

저 신발들 번갈아, 누추한 가장 신고

세상 바다에 나가

위태롭게 출렁, 출렁대면서

비린 양식 싣고 와 어린 자식들 허기진 배 채워주었다

밑창 닳고 축 나간,

옆구리 움푹 파인 줄 선명한,

두 귀 닫고 깜깜 적막에 든,

들여다볼 적마다 뭉클해지는 저것들

살붙이인 양 여태도 버리지 못하고 있다

추석

쉰다섯은 시름시름 앓기 시작한

아부지 나이. 엄니 돌아가신 뒤

두어 해 뒤꼍 그늘처럼 사시다가

인척과 이웃 청 못 이기는 척

새어머니 들이시더니

생활도 음식도 간이 안 맞아

채 한 해도 해로 못하고 물리신 뒤로

흐릿한 눈에

그렁그렁 앞산 뒷산이나 담고 사시다가

예순을 한 해 앞두고 숟가락 놓으셨다.

그런 무능한 아비가 싫어

담 바깥으로만 싸돌았는데

아, 빈 독에 어둠 같았을 적막

내 나이 쉰다섯, 음복이 쓰디쓰다.

크게 병들었는데 환부가 없다.

얼굴

주름 가득한

더운 날 부채 같은

추운 날 난로 같은

미소에 잔물결 일고

대소에 밭고랑 생기는

바람에 강하고

물에 약한 창호지 같은

달빛 스민 빈방 천장 같은

뒤꼍에 고인 오후의 산그늘처럼

적막한

공책에 옮겨 쓴 경전 같은

깜깜한 황홀

강풍에 나부끼는 활엽수들
산발한 채 달려드는 빗줄기
불빛의 혀로 감싸 안는 가등들
불어난 물살에
떠밀려 가는 냇가의 돌들

갑작스러운 방문에 부산스러운 것들
깜깜한 황홀의 소용돌이
가라앉은 뒤
낱알 뱉어낸 푹 꺼진 자루로 남아
오래 허전하고 아픈 영혼들

내 일상의 종교

나이가 들면서 무서운 적이 외로움이라는 것을 알았을 때
내가 가장 먼저 한 일은 핸드폰에 기록된 여자들
전화번호를 지워버린 일이다
술이 과하면 전화하는 못된 버릇 때문에 얼마나 나는 나를
함부로 드러냈던가 하루에 두 시간 한강변 걷는 것을 생
활의 지표로
삼은 것도 건강 때문만은 아니다 한 시대 내 인생의 나
침반이었던
위대한 스승께서 사소하고 하찮은 외로움 때문에
자신이 아프게 걸어온 생을 스스로 부정한 것을 목도한 이후
나는 걷는 일에 더욱 열중하였다 외로움은 만인의 병 한
가로우면
타락을 꿈꾸는 정신 발광하는 짐승을 몸 안에 가둬
순치시키기 위해 나는 오늘도 한강에 나가 걷는 일에 몰
두한다
내 일상의 종교는 걷는 일이다

배드민턴과 사랑

　오래전 일입니다. 주말이면 아이와 나는 집 앞 공터에서 배드민턴을 쳤습니다. 지는 것을 몹시 싫어하는 아이를 위해 시합에 져주곤 하였는데 눈치 못 채게 져주느라 여간 애쓰지 않았습니다. 5전 3선승제. 1세트는 내가 이깁니다. 2세트는 가까스로 집니다. 이때 노력이 필요합니다. 일부러 진 것을 알면 아이가 화낼 게 빤하기 때문입니다. 마지막 세트에 가서 듀스를 거듭하다가 힘들게 집니다. 그리고는 연기력을 발휘하여 분하다는 듯 화를 냅니다. 마른미역처럼 구겨진 얼굴을 하고 있는 내게 아이는 미안한 표정 지으면서도 한결 업된 기분 참을 수 없는지 탄력 좋은 공처럼 통통 튀면서 경쾌하게 집으로 돌아갑니다.

　배드민턴을 치면서 나는 들키지 않게 져주는 것이야말로 가장 위대한 사랑이라는 것을 알았습니다. 사랑의 셔틀콕이 네트를 넘어 널리 멀리 퍼져나가면 그것처럼 큰 사랑은 없겠지요? 그게 어디 말처럼 쉽겠습니까마는.

유빙들

어긋난 사랑 엇도는 관계를 저렇게도

아프고 무력하게 말하는 것들이 있다

한파가 맺어준 단단한 결속을 저렇게도

한순간에 허무는 것들이 있다

둥둥 물살에 휩쓸려 떠다니면서

한 몸으로 살았던 어제를 잊고

서로를 불신하며 밀어내고 있는 것들이 있다

쩌렁쩌렁 겨울 천하를 호령하던 이력 지우고

흐르는 세월에 재빠르게 순응하는 것들이 있다

지병처럼 찾아오는 것들

골목길 사라지면서 덩달아 사라진 것들 많다
좁은 골목을 사이로 다닥다닥 키 작은 집들
건넛집 술 취한 가장의 코 고는 소리가
반쯤 열린 철 대문을 빠져나와
홀로된 지 오래인 과부의 홑치마 속 파고드는 것이며
비 오는 날 이웃집에서 굽는 고등어구이 냄새가
블록 담을 넘어와 공복 위로 스멀스멀 기어오르던 것이며
백내장 앓아대던 가등 아래 서로의 더운 숨결 탐하던
늦은 밤의 연인들 실루엣이며
온갖 소리의 넝쿨들 온갖 색깔 범벅의 냄새들
주인 몰래 몰려나와 저희끼리 희희낙락 짝짓기 하던,
우리들 한때 생의 자궁이었던 그곳
날 흐리면 지병처럼 찾아오는 것들
골목길 사라지면서 덩달아 사라진 것들 많다

두부에 대하여

두부가 둥그런 원이 아니고
각이 진 네모인 까닭은
네모가 아니라면 형태를 간직할 수 없기 때문
저 흔한 네모들은
물러 터진 속성을 감추기 위한 허세다
언제든 흐물흐물 무너질 수 있는 네모
너무 쉽게 형태를 바꿀 수 있는 네모
가까스로 네모를 유지한 채
행여 깨질까 조심스러운 네모
제가 본래 단단하고 둥근 출신이라는 것을
까맣게 잊어버린 네모
우스꽝스러운, 장난 같은 네모
지가 진짜 네모인 줄 아는 네모
언제든 처참하게 으깨어질 수 있는 네모
둘러보면 그런 두부 같은 네모들이 얼마나 많은가

빙어

속 환히 들킨 채 사는 물고기. 몸피 작아 적게 먹으니 크게 감출 것도 꿍꿍이도 없는 투명 찬란한 물고기. 얼음 천장 아래 유유상종 동족 더불어 가만, 가만히 들숨 날숨 쉬며 바깥 소란에 아랑곳없이 살아가는 키 작은 물고기.

해마다 겨울이 오면 도시에서 몰려온 천렵꾼들 주전부리로 떼죽음 당하는 눈먼 물고기.

길 위의 식사

사발에 담긴 둥글고 따뜻한 밥 아니라

비닐 속에 든 각진 찬밥이다

둘러앉아 도란도란 함께 먹는 밥 아니라

가축이 사료를 삼키듯

선 채로 혼자서 허겁지겁 먹는 밥이다

고수레도 아닌데 길 위에 밥알 흘리기도 하며 먹는 밥이다

반찬 없이 국물 없이 목메게 먹는 밥이다

울컥, 몸 안쪽에서 비릿한 설움 치밀어 올라오는 밥이다

피가 도는 밥이 아니라 으스스, 몸에 한기가 드는 밥이다

평상

땀내 나는 가장을 벗고
헐렁한 건달로 갈아입는다

누워 부르던 노래들은
하늘로 올라가 별이 되었다
앉아 듣던 슬픔들은
기꺼이 생의 거름 되어주었고
엎드려 읽고 쓰던 말들은
나무와 꽃이 되었다

안방에서 엄하시던 아버지도
더러 농을 거셨고
부엌에서 근심 잦던 엄니도
활짝 웃곤 하였다

졸음 고인 눈두덩 굴러
머리맡에 낙과처럼 떨어지던
저녁 종소리 우련하다

클라우드

나 한때 구름을 애모한 적이 있지
하늘 정원에서 장엄한 몽상이 감미롭던
황금의 시간대에는 지상의 가난이 슬프지 않았지
나 한때 구름의 신자로 산 적이 있지
신전에 꿇어앉아 세상 주유를 설교하는 구름의 복음 새
겨들었지
변신의 귀재인 그녀들을 재빠르게 마름질해
입은 바지로 숨차게 들길 달리던 시절
갑작스럽게 찾아온 열애로 내 몸은 자주 꽃을 피웠지
구름밭엔 얼마나 많은 비밀의 씨들이 살고 있는지
날마다 다른 형상을 꽃피우는 공중을
꿈꾸는 한 마리 새가 되어 자유로이 넘나들었지
그러나 나 이제 구름을 꿈꾸지 않네
이교도처럼 불신하며 구름에 속지 않으려 애쓸 뿐이네
2011년 3월 13일 이후
구름은 내게 저주의 신이 되었네
내 마음속 어머니의 나라에서 평화롭게 뛰놀던 몽상의
아이들 한꺼번에 자취 없이 사라져버렸네

제11시집

『슬픔은 어깨로 운다』

걸어 다니는 호수

소가 눈 들어 앞산을 바라보니

앞산이 호수에 잠긴다

눈 들어 하늘을 바라보니

구름이 잠긴다

소가 끔벅, 하고 눈을 감았다 뜨니

산이 눈을 빠져나오고

소가 또 끔벅, 하고 눈을 감았다 뜨니

구름이 빠져나온다

소는 느리게 걸어 다니는 호수를 가지고 있다

물자국

물자국은 물에 자국이 생겼다는 말

물에 상처, 물에 흉터가 생겨났다는 말

배 지나간 자리에 남는 자국이나 상처나 흉터를

재빠르게 꼬매고 지우는 물결

물이 쉴 새 없이 움직이는 것은

무수한 물의 상처, 물의 흉터 때문

파도가 철썩이는 소리를

물의 고통, 물의 신음으로 듣는다

뒤적이다

망각에 익숙해진 나이
뒤적이는 일이 자주 생긴다
책을 읽어가다가 지나온 페이지를 뒤적이고
잃어버린 물건 때문에
거듭 동선을 뒤적이고
외출복이 마땅치 않아 옷장을 뒤적인다
바람이 풀잎을 뒤적이는 것을 보다가
햇살이 이파리를 뒤적이는 것을 보다가
달빛이 강물을 뒤적이는 것을 보다가
지난 사랑을 몰래 뒤적이기도 한다
뒤적인다는 것은
내 안에 너를 깊이 새겼다는 것
어제를 뒤적이는 일이 많은 자는
오늘 울고 있는 사람이다
새가 공중을 뒤적이며 날고 있다

비 울음

비 오는 밤 창문을 열어놓고

손 뻗어 빗소리를 만져봅니다

가만히 소리의 결을 하나둘 헤아려봅니다

소리 속으로 들어가 봅니다

소리 속에 집 한 채를 지을까 궁리합니다

기실 빗소리는 땅이 비를 빌려 우는 소리입니다

저렇게 밤새 울고 나면

내일 아침 땅은 한결 부드럽고

깨끗한 얼굴을 내보일 것입니다

비 오는 밤 창문을 열어놓고

손 뻗어 땅의 울음을 만져봅니다

엎지르다

저녁을 먹다가 국그릇을 엎질렀다
남방에 튀어 오른 얼룩을
수세미에 세제를 묻혀
박박 문질러 닦다가
문득 지난날들이 떠올려졌다

살구꽃 흐드러진 봄날
네게 엎지른 감정,
울음이 붉게 타는 늦가을
나를 엎지른 부끄럼
시간을 엎지르며 나는 살아왔네
물에 젖었다 마른 갱지처럼
부어오른 생활의 얼룩들

나는 벌써

삼십 대 초 나는 이런 생각을 하며 살았다 오십 대가 되면 일에서 벗어나 오로지 나 자신만을 위해 살겠다 사십 대가 되었을 때 나는 기획을 수정하였다 육십 대가 되면 일 따위는 걷어차 버리고 애오라지 먹고 노는 삶에 충실하겠다 올해 예순이 되었다 칠십까지 일하고 여생은 꽃이나 뒤적이고 나뭇가지나 희롱하는 바람으로 살아야겠다

나는 벌써 죽었거나 망해버렸다

아침 산책

비 다녀간 아침 산길

차돌처럼 단단해진 공기

새들의 음표는 통통 튀고

살 내린 산의 쇄골 또렷하고

골짝 물은 변성기 소년처럼

소리가 괄괄하다

아직 형상이 남아 있는 발자국 하나

나뭇잎 새로 떠오른 햇살에

젖은 몸 털고 있다

후생後生

후생은 마도로스로 살아가리라
가정 같은 건 꾸리지 않으리라
각 나라 항구마다 안개처럼 나타나서

염문을 뿌리고 고양이처럼 사라지리라
무엇에도 얽매이지 않고
바람처럼 떠돌다가 거품처럼 사라지리라

서너 개의 외국어를 익히고
아코디언 연주로 향수를 달래리
매일 아침 구두를 닦고 상아 파이프로 담배를 피우리

삶은 짧고 추억은 깊으니
오직 현재에만 몰두하리라
마음껏 아름답게 시간을 낭비하리라

나는 표절 시인이었네

나는 표절 시인이었네 고향을 표절하고 엄니의 슬픔과 아
부지의 한숨과 동생의 좌절을 표절했네 바다와 강과 저수지
와 갯벌을 표절하고 구름과 눈과 비와 나무와 새와 바람과
별과 달을 표절했네 한 사내의 탕진과 애인의 눈물을 표절
하고 기차와 자전거와 여관과 굴뚝과 뒤꼍과 전봇대와 가로
등과 골목길과 철길과 햇빛과 그늘과 텃밭과 장터와 중서부
지방의 사투리를 표절했네 이웃과 친구의 생활을 표절했네
그리고 그해 겨울 저녁의 7번 국도와 한여름의 강진의 해안
선을 표절했네 나는 표절 시인이었네

귀

　　귀는 주장하지 않는다 귀는 우리 몸의 가장 겸손한 기관 귀는 거절을 모른다 차별이 없다 분별이 없다 눈과 코와 입이 저마다 신체의 욕망과 감정을 경쟁하듯 내색하고 드러낼 때 귀는 몸 외곽 외따로 다소곳하게 서서 바깥의 소리만을 경청하며 운반하느라 여념이 없다 입구가 출구이고 출구가 입구인 눈 코 입과는 달리 입구의 운명만이 허용된 귀 오늘도 어제처럼 고저장단의 소리를 소리 없이 실어 나르고 있다

기억과 유목, 서정과 구체성의
사이를 가로질러

유성호

기억과 유목, 서정과 구체성의 사이를 가로질러
─이재무의 시사적 의의

유성호(문학평론가, 한양대 국문과 교수)

1. 삶의 내력을 환기하는 내러티브로서의 시

최근 우리가 강렬하게 경험한 '서정'에 관한 다양한 메타
적 논의들은, 서정의 구심적 본령을 회복하고 그것을 보편
화하려는 미적 충동에서 생겨난 산물이다. 또한 이는 우리
현대시의 완결성이 경험적 충실성과 소통의 미학을 통해 구
현되었다는 신뢰에서 발원한 것이기도 하다. 물론 그 이면
에는 서정시 본연의 절제와 구체의 미학이 필요하다는 점에
대한 강조가 담겨 있는데, 그만큼 그 안에는 함축적 묘미를
살림으로써 고도의 시적 긴장을 유발하는 서정시의 원리를
상상하는 배타적 과정이 담겨 있다. 따라서 우리는 의미 과
잉을 경계하는 작법으로서, 그리고 상상적 능동성을 통해
현대인의 잃어버린 시적 아우라를 되부르는 강력한 방법론

으로서, 일종의 시적 구심력을 강하게 요청받게 된 것이다. 아닌 게 아니라 무한히 열려 있는 구조가 아니라 의미의 마디를 완결하는 상상력이 그러한 과제에 부응하는 오랜 방법론이 되어온 것은 주지의 사실일 것이다.

그동안 이재무李載武의 시는 경험적 실감을 서정의 구심으로 바꾸어내는 동력에 의해 지속적으로 펼쳐져 왔다. 경험적 구체와 선명한 기억이 아름다운 이미지군群의 도움 아래 그 육체를 드러내 왔던 것이다. 그래서 그의 시는 난해함이나 의뭉스러움의 저편에서 착상되고 씌어왔다. 자신을 향해서나 독자를 향해서나 그는 부드럽고도 친숙한 발견의 순간을 중시하면서, 선험적인 담론으로 시를 몰아가는 일에 첨예하게 반대하였다. 그리고 그의 시에는 비교적 선명한 이항대립이 숨겨져 있는데, 가령 그는 성장 서사가 고스란히 묻혀 있는 '고향'과 그 고향을 떠나 정착하게 된 '객지'를 확연한 대조로 형상화한다. 고향에는 깨끗한 가난과 그리운 가족의 기억이 선연하게 출렁이고, 그만큼 시인의 존재론적 태반이자 궁극적 귀의처로서 고향 이미지는 순간순간 재생되고 점멸한다. 하지만 객지이자 현재 삶의 터인 도시는 분주하고 피로한 삶이 관류하는 삭막한 생존의 장으로 줄곧 형상화된다. 이러한 대비적 구도는 첫 시집 이후 30여 년 동안 비교적 투명하고 단호하게 일이관지 이어져 왔다.

이처럼 이재무는 서정의 원리를 충실하게 구현하는 경험과 발견의 언어에 주로 자신의 수원水源을 두고 있다. 예컨대 그는 뚜렷한 인과론적 질서를 가진 일관된 서사에 익숙하지 못하다. 또한 시집 전체를 치밀한 기획에 의해 짜는 이른바 '연작 시편'이나 '주제 시편'에도 별 관심이 없다. 마찬가지로 그는 사후적事後的으로 마련되는 시적 담론 구축에도 전혀 힘을 쏟지 않는다. 다만 그는 그때그때의 삶에 순간적으로 찾아오는 '시詩'를 받아들이면서 그때의 순간적 충실성을 가장 예민하게 담아내고자 하는 시인이다. 그러나 이 모든 사실에도 불구하고, 이재무 시학이 지니는 현저한 속성은 그의 시편 하나하나가 하나의 '이야기(narrative)'로 집중되고 있다는 것이다. 물론 이 말이 그가 어떤 서사 지향의 모색을 꾀했다는 것을 뜻하지는 않는다. 다만 그는 한 편한 편의 완결성을 중시하되, 그것들이 자신의 삶의 조건들을 매우 충실하게 반영하게끔 투명성의 언어를 일관되게 견지해왔고, 그만큼 그의 시편은 자연스럽게 그가 살아온 삶의 내력을 환기하는 일정한 내러티브적 속성을 띠게 된 것이다. 이러한 면모는 그의 첫 시집으로부터 시작되어 균질적이고 지속적으로 한결같이 이어져 왔다.

그렇다면 그동안의 그의 시적 언어가 집중적으로 환기해온 하나의 이야기는 무엇을 말하는가. 그것은 자신의 육체를 원초적으로 구성하고 있는 '유년'과 '고향'에 대한 강렬한 동일성의 기억에서 시작되어, 이 세상에서 공존하며 살아가는 무수한 타자들로 시선을 확산하는 자기 개진의 과정을 적극적으로 함의한다. 이제 우리는, 이 글이 씌어질 때까지 세상에 나온 열한 권 시집으로 이미 시력詩歷 30년을 훌쩍 넘긴 중진 시인의 이러한 변모 과정의 이야기를 일별해보려고 한다. 말할 것도 없이 그것은 기억과 유목, 서정과 구체성의 사이를 가로질러 가닿은 어떤 지경地境일 것이다. 그동안 이재무가 펴낸 시집 목록은 다음과 같다. 『섣달그믐』(청사, 1987), 『온다던 사람 오지 않고』(문학과지성사, 1990), 『벌초』(실천문학사, 1992), 『몸에 피는 꽃』(창비, 1996), 『시간의 그물』(문학동네, 1997), 『위대한 식사』(세계사, 2002), 『푸른 고집』(천년의시작, 2004), 『저녁 6시』(창비, 2007), 『경쾌한 유랑』(문학과지성사, 2011), 『슬픔에게 무릎을 꿇다』(실천문학사, 2014), 『슬픔은 어깨로 운다』(천년의시작, 2017) 등 모두 11권이다. 이는 퍽 균질적인 창작 여정이라고 해야 할 것이다. 그리고 이는 그의 세대 가운데 단연 돌올한 성실성과 지속성을 의미하는 것이기도 하다. 이제 그 세계 안으로 한 걸음씩 들어가 보도록 하자.

2. 유년과 고향의 기억을 통한 생의 원리

　우리가 잘 알듯이, 이재무의 시는 두 가지 차원의 출발점을 가지고 있다. 그 하나가 '유년'과 '고향'을 시공간의 배경으로 하는 '기억의 현상학'이라면, 다른 하나는 그가 시를 쓰기 시작한 시기인 1980년대의 상황과 깊이 매개된다. 앞의 것이 비교적 서정적이고 포용적인 시선에 의해 형상화되고 있다면, 후자는 단호하고 배제적인 목소리에 의해 줄곧 발화된다. 다소 어울릴 것 같아 보이지 않는 이 두 가지 축을 시인은 첫 시집 『섣달그믐』에서 매우 균형 있게 담아내고 있다. 이재무 시학의 원형이기도 한 이 시집에는 비교적 투명하고 단호한 목소리가 절절하게 담겨 있는데, 그 목소리는, 앞서 강조한 대로, '유년/고향'을 돌아보는 시선과 80년대적 상황 인식을 표현하는 언어들로 구성되어 있다. 그래서 『섣달그믐』에는 복합성의 아이러니가 비교적 적고, 단성적 아름다움과 단호함이 주로 나타난다. 그 가운데 가장 크게 다가오는 형상은, 지나간 시절에 대한 그리움과 회한일 것이다.

　　싸락눈이 내리고 날은 저물어
　　길은 보이지 않고
　　목쉰 개 울음만 빙판에 자꾸

엎어지는데 식전에 나간 아부지

여태 돌아오시지 않는다

세 번 데운 황새기 장국은 쫄고

벽시계가 열한 시를 친다

무거워 오는 졸음을 쫓고

문꼬리를 흔드는 기침 소리에

놀래 문 열면

싸대기를 때리는 바람

이불 속 묻어둔 밥

다독거리다 밤은 깊어

살강 뒤지는 새앙쥐 소리

서울행 기적 소리 들리고 오 리 밖

상엿집 지나 숱한 설움을 짊어지고

된바람 헤쳐 오는 가쁜 숨소리

들린다 여태 아부지는 오시지 않고

—「겨울밤」 전문, 『섣달그믐』

　아버지의 부재와 가족의 기다림 그리고 눈 내리는 겨울 밤 정경이 시를 구성하고 있다. 거기에는 개의 울음소리와 벽시계 소리, 그리고 "문꼬리를 흔드는 기침 소리", "살강 뒤지는 새앙쥐 소리", "서울행 기적 소리", "된바람 헤쳐 오는 가쁜 숨소리"만이 "식전에 나간 아부지/ 여태 돌아오시지 않는" 겨울밤과 "이불 속 묻어둔 밥"의 기다림을 짙게 감싸고 있다. 이러한 형상은 가혹한 가난과 이산離散으로 점철된 농촌 근대사와 고스란히 겹쳐지면서, 이재무 시학의 가장 깊은 원형적 트라우마trauma를 형성한다. 이처럼 『섣달그믐』은 결핍과 가난, 부재와 훼손, 그리움과 회한으로 가득하다.

하지만 여느 80년대 시인들과는 달리 이재무 시인이 자신의 시에서 더 무게중심을 두었던 것은, 그의 모든 것을 있게 했던 '유년'과 '고향'에 대한 남다른 긍정적 기억이었다. 그러나 그에게 '유년'이나 '고향'이 언제나 그리움의 대상이었던 것만은 아니다. 그것들은 언제나 시인에게 궁극적인 회귀 지점이었지만, 동시에 새로운 생의 형식을 위해서는 반드시 탈출해야만 하는 이중적 의미를 지닌 것이었다. 사실 '섣달그믐'이라는 지점이야말로 한 해의 소멸과 새로운 해의 생성을 동시에 잉태한 지점이 아닌가. 이러한 '귀향'과 '탈향'의 욕망이 모순적 긴장을 이루는 시세계는 그의 첫 시집에서 발원되어 두 번째 시집으로 이어진다.

막차가 떠났다 뽀얀 먼지가 일고
나이 든 누이와 막내
품앗이 마치고 집으로 가던

아낙들 서넛

저녁 바람에 고즈넉이 흔들리는

미루나무와 나란히 서서

오래도록 손 흔들어주었다

멀리, 사립에 쪼그려 앉아

어머니 누워 계신 먼 산 보며

아버지 청자담배 피워 무셨고

남녘서 날아온 새 한 마리,

가난에 매 맞고 죽은

둘째 동생 재식이와의 추억이

솔잎으로 돋아나는

서편 숲으로 가뭇없이 사라졌다

아리랑 부르며 울며 넘던 고갯길을

숨 가쁘게 차가 달렸고

인가의 불빛은 꽃잎처럼 피어나는데

철들어 품은 기다림 그리움은

멀고 아득하기만 해서

마음의 심지에 타오르는 희망의 등잔불

바람 앞에 언제나 서럽고 위태로웠다

마을 사람들 마음의 손이

꽁꽁 동여맨 간절한 기구의 보따리

허리에 차고

평생을 가도 가닿지 못할

그러나 기어이 가야만 하는

멀고 험한 길 가며

바닥을 잊은 가슴샘에서

솟는 눈물은 또 얼마나 더 퍼올려야 하는 것인가

멀미가 일어

달게 먹은 점심의 국수 가락 토해내면서

서울 오는 길

고향은 끝내 깍지 낀 내 몸

풀지 않았다

　　　　　—「서울 오는 길」 전문, 『온다던 사람 오지 않고』

　　선연한 이야기 한 편을 함축하고 있는 이 시편은, 순간적 이미지를 위주로 하는 단형 서정의 틀에서 벗어나, 많은 인물들을 둘러싼 하나의 선명한 내러티브를 들려준다. 여기 등장하는 인물들은 "나이 든 누이와 막내", "품앗이 마치고 집으로 가던/ 아낙들 서넛", 돌아가신 "어머니", "청자담배 피워 무"시는 아버지, 그리고 "가난에 매 맞고 죽은/ 둘째 동생 재식이" 등이다. 그들 사이에 얽힌 오랜 기억들을 뒤로 하고 시인은 "아리랑 부르며 울며 넘던 고갯길을" 넘어 서울로 오고 있다. 이 팍팍한 서울행은 "철들어 품은 기다림 그리움은/ 멀고 아득하기만 해서/ 마음의 심지에 타오르는 희망의 등잔불/ 바람 앞에 언제나 서럽고 위태로웠다"는 표현으로 보아, 희망보다는 두려움이나 고단함을 품은 여정임을 예견하게끔 한다. 그런데 왜 시인은 아스라한 기억들이 태반처럼 묻혀 있는 '유년'과 '고향'을 떠나, "마을 사람들 마음의 손이/ 꽁꽁 동여맨 간절한 기구의 보따리/ 허리에 차고/ 평생을 가도 가닿지 못할/ 그러나 기어이 가야만 하는/ 멀고 험한 길"을 가고 있는가. 요컨대 이 힘겨워 보이는 탈향脫鄕의 역설이 바로 이재무 시가 담고 있는 '이야기'의 원천이자 궁극이 아닐 수 없을 것이다.

　이재무 시인은 "바닥을 잊은 가슴샘에서/ 솟는 눈물은 또 얼마나 더 퍼올려야 하는 것인가" 하면서 이 탈향의 과정이 순조롭지 않은 고단함을 안겨줄 것을 스스로도 예감하고 있다. 그러면서도 "서울 오는 길/ 고향은 끝내 깍지 낀 내 몸/ 풀지 않았다"고 고백함으로써, 그의 탈향이 궁극적으로 미완이자 불구의 것임을, 다시 말해 자기 자신은 언제나 자연스러운 귀향歸鄕의 에너지를 지닌 채 살아갈 것임을 암시하고 있다. 이처럼 그의 시에서 유년과 고향이 갖는 깊은 기억의 뿌리와 그곳으로부터의 미완의 탈주는 늘 공존하고 반복된다. 따라서 이 같은 귀향과 탈향 사이의 긴장은 그의 초기 시편에 배어 있는 일관된 주제적 동선動線이라고 할 수 있다. 이같이 그가 초기시의 태반으로 삼고 있는 시공간은 '유년'과 '고향' 그리고 가족사에 긴박되어 있으며, 그러한 흔적은 제3시집인 『벌초』에까지도 고스란히 이어지고 있다.

늦도록 잠 오지 않는다
막 수원을 통과해온
상행선 열차가 아프게
몸속 터널 관통하여
서울로 간다
나는 왜 여태 기대보다는
실의만을 가져다준 바퀴 소리에
마음 묶어두는 것일까
떠올리면 언제나 자랑보다는
남루가 먼저 떠올려지는 생이었던 것을
이미 살과 뼈 이룬
죄란 벗는다고 벗겨지는 것이 아니었던 것을
아직도 내게 집착할 그 무엇이
남아 있다는 것일까
설레임으로 출발했던 길은
쓸쓸함으로 막 내렸던 여행에
신열로 온몸 달아오르는 걸까

　　　　　　　—「기차—밤밭골에서」 전문, 『벌초』

여기서 '기차'는 그의 '고향(유년)'과 '서울(성년)'을 이어주는

226

상징적 가교이자 그 둘 사이를 아득하게 단절시키는 역할을 하고 있다. 그런데 상행선 밤차를 탄 시인은 늦도록 잠을 이루지 못한다. 이때의 불면은, "나는 왜 여태 기대보다는/ 실의만을 가져다준 바퀴 소리에/ 마음 묶어두는 것일까"에서 보듯이, 시인이 행하는 상경이 희망보다는 좌절과 실의를 곧잘 안겨준 것이었기 때문에 생겨난 것이다. 그래서 시인은 "상행선 열차가 아프게/ 몸속 터널 관통하여/ 서울로 간다"에서처럼 만만찮은 통증을 내장한 채, 고향에 대한 완강한 기억을 떠나고 있는 것이다. 이 불가피한 탈향 과정은 "떠올리면 언제나 자랑보다는/ 남루가 먼저 떠올려지는 생이었던" 자신에 대한 자조와 "이미 살과 뼈 이룬/ 죄란 벗는다고 벗겨지는 것이 아니었던 것을"에서 보이는 죄의식을 동반하는 것이기도 하다. 그래서 시인은 "아직도 내게 집착할 그 무엇이/ 남아 있다는 것일까" 하면서도 "설레임으로 출발했던 길"이 결국 "쓸쓸함으로 막 내렸던 여행"으로 귀착되고 마는 것임을 이미 알고 있는 것이다. 그래서 이재무 시인은 이 불가피한 탈향을 감행하게 된 것이고, 고향을 떠나 부동浮動하는 자신의 속된 삶에 대해서 '짐승'이라는 비유를 줄곧 택하게 된다.

몸의 굴 속 웅크린 짐승

눈뜨네 아직 길들여지지 않은

수성, 몸 밖의, 죄어오는 무형의

오랏줄에 답답한 듯

발버둥 치네 그때마다 가까스로

뿌리내린 가계의 나무 휘청거리네

오랜 굶주림 휑한 두 눈의

형형한 살기에 그대가 다치네

두툼한 봉급으로 쓰다듬어도

식솔의 안전으로 얼러보아도

도박, 여자, 술로 달래보아도

오오, 마음의 짐승

세운 갈기 숙이지 않네

　　　　　—「마음의 짐승」 전문, 『몸에 피는 꽃』

　스스로도 어찌할 수 없는 불가항력의 욕망("세운 갈기")은 시인 스스로 자기 인식의 코드를 '짐승'으로 표현하게끔 하고 있다. 이것을 이재무 시인은 "아직 길들여지지 않은/ 수성"이라고 표현했거니와, 그것은 곧 "몸 밖의, 죄어오는 무형의/ 오랏줄"에 의해 억압되고 있다. 그러나 그 '수성獸性'은 발버둥과 휘청거림 그리고 오랜 굶주림, 형형한 살기로 감싸여 있는 위험한 '짐승'의 그것이어서, 죄어오는 억압을 넘어서려는 욕망과 충동으로 가득 차 있다. 그래서 "두툼한 봉급/식솔의 안전/도박, 여자, 술" 같은 세속의 열락悅樂들도 결국 "마음의 짐승/ 세운 갈기"를 억압하지 못하게 된다. 결국 이 모순과 충동의 에너지는 끊임없이 시인의 생을 구성하는 원리로 남고, 여기서 우리는 도회로 삶의 터전을 옮긴 이재무 시인의 자의식이 도덕적 정결성이나 신성성으로의 초월보다는 치열한 자기 연민과 갈등 속에서 구성되어온 것을 알 수 있다. 이로써 이재무 시인은 그 스스로 이 '짐승'의 시절을 견디고 넘어서는 지난한 과정을 힘 있게 노래하는 것이다.

3. 생태적 사유의 착근과 생명에 대한 가없는 신뢰

이처럼 유년과 성년 사이에서, 고향과 도시 사이에서 현저하게 '유년'과 '고향'에 대한 강렬한 그리움과 깍지 낀 기억들을 노래하던 이재무 시의 지평이 달라지는 것은, 도회적 삶의 기록인 『몸에 피는 꽃』을 지나 근원적인 생태적 사유로 무게중심을 옮겨간 『시간의 그물』과 『위대한 식사』, 『푸른 고집』 등의 중기 시편들에서이다. 이 시기에 이르러 그는 자신의 시적 시선을 타자들로 확산해가는 과정과 생태적 사유의 착근 과정을 동시에 보여주는 첨예한 존재론적 전회轉回를 보여준다. 물론 초기 시편부터 이재무는 생태적 사유

와 인간의 근원적 삶의 방식에 대해 깊은 관심을 표명한 바
있다. 하지만 중기에 이르러 이러한 생태적 관심과 사회적
시선이 결합하면서, 이재무 시는 좀 더 징후적인 차원으로
나아가고 있다 할 것이다.

> 하굣길 오동나무
> 더 큰 잎사귀 그늘 띄워
> 더위 먹은 책가방 쉬게 하더니
> 어느 해 큰비 내려 둑 터진 날 이후
> 얼굴 감춘 오동나무
> 지금은 내 몸속에 뿌리내려
> 바람 불면 바람 분다고
> 날 저물면 날 저문다고
> 마음의 현 열두 줄 크게 울린다
> 동무들과 헤어져 홀로 골목 돌아올 때는
> 저 먼저 빠져나와 저만큼
> 우뚝 멈춰 서서 잎사귀 흔들어댄다
> 아아, 언젠가 몸 밖으로 가지를 뻗어
> 외로운 이들 그날처럼 불러 모을
> 잎사귀여 잎사귀여 잎사귀여
>   ―「오동나무」 전문, 『시간의 그물』

언제나 하굣길에서 마주치며 "큰 잎사귀 그늘 띄워/ 더위 먹은 책가방 쉬게 하"던 오동나무는 "어느 해 큰비 내려 둑 터진 날 이후/ 얼굴"을 감춘다. 그러나 그 사라진 오동나무 가 "지금은 내 몸속에 뿌리내려/ 바람 불면 바람 분다고/ 날 저물면 날 저문다고/ 마음의 현 열두 줄 크게 울린다"고 시 인은 어떤 환각에 빠진다. 사라진 기억이 육체의 심연에 들 어서 있는 환각, 그것이 바로 "아아, 언젠가 몸 밖으로 가지 를 뻗어/ 외로운 이들 그날처럼 불러 모을/ 잎사귀여 잎사 귀여 잎사귀여"라는 외침을 가져오는데, "잎사귀"를 세 번 씩이나 불러보는 그 외침은 기억 속의 실재들이 이제는 시 인의 "몸속에 뿌리내려" 공생하고 있음을 알려준다. 물리적 으로 사라진 것은 없어져 버리는 것이 아니라, 이렇게 남은 생을 함께 지고 가야 할 중요한 '흔적'으로 남아 있다. 이러 한 생각 자체가 이재무 시인이 이 시기에 집중적으로 가지 게 된 생태적 사유의 한편임은 말할 것도 없다. 그의 시 속 에 자연의 형상이 많이 나타나는 것은 사실이지만, 정작 그 의 생태적 사유는 자신의 삶과 사물들이 함께 구성하는 교 감과 공존의 미학에서 깊이 완성된다. 그것을 일러 시인은 '부활'이라 일컫고, 자신은 그것을 꿈꾼다고 말한다.

산속으로 들어갈수록 더욱 숨이 찬 것은

딱딱하고 두꺼워지는 공기 때문만은 아니다
산속으로 들어갈수록 내가 읽어야 할
저 벅찬 운문의 깊이
나뭇가지 하나하나가 회초리 되어
내 부패한 살[肉]이 아프다
잘 여문 상수리 한 알 떨어져
발밑으로 구르다가 멈춘다
저 한 알의 침묵이 태산처럼 무거워
나는 웃옷 벗어 어깨에 걸친다

지난 계절 나는 스캔들로 지나치게
마음이 분주했고 수다스러웠다
슬픔과 상처는 약 되지 못하고
독이 되어 나를 쓰러뜨렸다

산속으로 들어갈수록 아픈 발의 투정이
더욱 심해진 것은 가팔라지는 길 탓만은 아니다
산속으로 들어갈수록 내가 들어야 할
저 절절한 푸른 사연과 고백
나뭇잎 하나하나가 눈물이 되어
썰물 뒤의 개펄 같은 마음을 덮는다
비탈에 오롯이 서서 암향暗香을
마을 쪽으로 흘려보내는 수국의

고요한 웃음이 하도 크고 넓어서

나는 불현 관절이 시리고 절로 무릎이 꺾이다

        —「부활을 꿈꾸며」 전문, 『위대한 식사』

  2000년대 이후 한국 창작과 비평계의 주류를 이루었던 이른바 생태 시학이, 한결같이 근대주의의 이데올로기인 진보에 대한 근원적 회의와 맞물려 나타난 바 있다. 그동안 근대적 가치의 완성을 위해 매진했던 진보 기획이 일정하게 과학주의로 편향되었고, 또 인간 이성으로 포착할 수 없는 실재實在들에 대해 홀대했던 것도 중요한 반성적 거점이 되었던 것이다. 또한 이는 자연과 우주마저 타자로 가파르게 몰아붙였던 지난 시대의 역사 과잉에 대한 일정한 반성을 내포하는 것이기도 하였다. 이때 이재무 시인이 중심을 둔 부분도 바로 그 같은 반성과 성찰에 있었는데, 자신조차 그 반성의 대상으로 삼는 통증과 죄의식의 시학이야말로 이 시기의 이재무 시학이 거둔 성취라고 해야 할 것이다.

  위의 작품에서 그가 발견하는 "산속으로 들어갈수록 내가 읽어야 할/ 저 벅찬 운문의 깊이"는 궁극적인 자신의 시적 지향에 대한 메타적인 표현이 된다. "나뭇가지 하나하나가 회초리 되어/ 내 부패한 살[肉]이 아프다"는 고백 속에서 더욱 선명한 형상을 얻는 그 "운문의 깊이"는 그동안 "스캔들로 지나치게/ 마음이 분주했고 수다스러웠다"는 반성과 깊이 매개되어 있다. 시 곳곳에 뿌려져 있는 "숨이 찬 것"
이며 "부패한 살[肉]이 아픈 것이며 "슬픔과 상처/독/아픈
발의 투정/눈물/시린 관절/꺾인 무릎" 등은 이러한 시인의
반성적 자세를 말해준다. 그래서 그가 꿈꾸는 '부활'은 종교
적 초월이 아니라 "저 벅찬 운문의 깊이"에 도달하기 위한
자기반성과 자기 인식에 있다고 할 수 있다. 그리고 그것
은 "비탈에 오롯이 서서 암향暗香을/ 마을 쪽으로 흘려보내
는 수국의/ 고요한 웃음"에서 보듯이, 탈속의 포즈가 아니
라 세상의 타자들과 깊이 교감하고 공존하는 자세에서 가능
한 것이기도 하다.

우리 마을의 제일 오래된 어른 쓰러지셨다
고집스럽게 생가 지켜주던 이 입적하셨다
단 한 장의 수의, 만장, 서러운 곡哭도 없이
불로 가시고 흙으로 돌아, 가시었다
잘 늙는 일이 결국 비우는 일이라는 것을
내부의 텅 빈 몸으로 보여주시던 당신
당신의 그늘 안에서 나는 하모니카를 불었고
이웃 마을 숙이를 기다렸다
당신의 그늘 속으로 아이스께끼장수가 다녀갔고
방물장수가 다녀갔다 당신의 그늘 속으로

부은 발등이 들어와 오래 머물다 갔다
우리 마을의 제일 두꺼운 그늘이 사라졌다
내 생애의 한 토막이 그렇게 부러졌다
　　　　　　　—「팽나무가 쓰러, 지셨다」 전문, 『위대한 식사』

　고향 마을에 우뚝한 자태로 서서 사람들과 같이 생명을 이
어가던 '팽나무'가 생애를 다하는 순간, 시인이 느끼는 것은
어떤 '통증'에 가까운 것이다. 팽나무는, 시인은 물론 시인의
고향 사람들에게 거의 육친의 역할을 해왔던 모양이다. 그
는 그들에게 "우리 마을의 제일 오래된 어른"이고, "고집스
럽게 생가 지켜주던 이"였으니까 말이다. 그는 마치 자식들
을 멀리 떠나보내고 자신만은 자식들이 언젠가 돌아올지 모
르는 고향을 지키시는 우리 어르신들을 고스란히 은유하고
있는 것이다. 바로 그 "잘 늙는 일이 결국 비우는 일이라는
것을/ 내부의 텅 빈 몸으로 보여주시던 당신"이 "입적"하셨
으니, 그건 곧 시인에게는 서러운 부음訃音이 아닐 수 없다.
　그러나 자연의 한 생명이 생애를 다하는 순간 찾아온 슬픔
은, 시인에게 남다른 전환의 감각을 부여하는 계기가 된다.
어쩌면 팽나무는 고향을 떠나 있던 시인에게 언젠가는 돌아
갈 근원처럼, 무의식 속에도, 시간의 마디마디 속에도, 회
색 도시의 난장亂場 속에도 환하게 도사리고 있던 가치의 원
천이었을 것이다. 그러니 팽나무의 죽음으로 "내 생애의 한

토막"이 꺾여나간 것이 아닌가. 그래서 이 시집 첫머리에 이 작품이 놓여 있는 것은, 팽나무와 더불어 살아왔던 삶(그게 유년의 기억이든 도시로 나와서 늘 의식하곤 했던 고향에 대한 죄의식이든) 과, 나머지 한 "생애의 토막"(중년 이후 그가 노래해야 할 가치들)이 엄연하게 갈라지는 데 대한 실존적 승인이 이 시집을 규율하고 있음을 알게 하는 대목이다. 그래서 이 작품을 여느 환경 시편이나 사향思鄕 시편 정도로 읽고 마는 것은, 이재무 시인이 자신의 생에서 마련하고 있는 중요한 전환점을 놓치고 마는 것이다. 그리고 이러한 생태적 인식은 시간에 대한 근원적 인식과 깊이 맞물리는데, 이러한 시각은 그로 하여금 시와 삶에 대한 '푸른 고집'을 가지게끔 한다.

저무는 먼 바다 먹빛으로 잔잔한데
방파제 둑 위, 할머니 한 분 천천히
걸어가고 있었네, 유모차 밀며.
흑백의 풍경 속 몇 겹으로 주름진 시간
고여 출렁이고 있었네
저무는 먼 바다 하늘로 이어지는 지평선에서
노을은 가지를 떠나는 꽃잎같이 점으로
흩어져 선홍이 낭자한데
거북처럼 낮게 몸 웅크린, 지금은 다만

묵직한 침묵으로 밤을 기다리는,

밤이 오면 어화 피고 먹물 튀기며

비린내 땀내 진동할 오징어잡이 선박들

등 뒤에 두고

방파제 둑 위, 등이 활같이 휜 할머니 한 분

천천히 실루엣으로 걸어가고 있었네,

아주 먼 미래를 밀며.

　　　　　　—「인생−애월에서」 전문, 『푸른 고집』

　이 시편 속에는 "주름진 시간"의 과거와, "비린내 땀내 진동"하는 현재와, 유모차에 실려 있는 "아주 먼 미래"가 아름답게 포개져 있다. 수평선과 방파제가 이루는 실루엣이 아름답지만, 그 안에는 삶과 죽음이 교차하면서 또한 중첩되는 생명에 대한 가없는 시선이 배어 있다. 이처럼 뭇 사물들 혹은 그들의 시간의 깊이로 시선을 옮겨가는 "유목의 새로운 행로"(이경호)가 이재무 후기 시학의 역동성을 예감케 해주고 있는 것이다. 결국 이재무 중기 시편은 생태적 사유의 착근과 생명에 대한 가없는 신뢰로 요약될 수 있을 것이다. 물론 이러한 시적 성취가 담론적 실재를 번안하는 수준에 머무른 것이 아니고, 미학적인 상관물들을 풍요롭게 거느리면서 뚜렷한 흔적을 새긴 점은 단연 주목할 만한 것이 아닐 수 없다. 이재무만의 독자적인 지속성과 등량성과 균질성이 이 시기에 안정화되어갔다고 할 수 있을 것이다.

4. 슬픔을 통한, 슬픔을 넘어선 타자로의 확산 과정

최근까지 우리가 읽어온 이재무의 후기 시학은, 삶의 구체적인 문제와 서정 자체의 원리를 결합하는 통합적 차원에서 완성되어 왔다. 가끔 그가 지친 표정으로 삶의 비애나 무거움을 내비칠 때조차, 우리는 그가 비관주의나 냉소주의로 나아가리라고 전혀 생각하지 않았다. 오히려 우리는, 천천히 탈향의 제의祭儀를 완성한 그가 근본주의적 생태학보다는 계급이나 사회적 불평등 같은 문제를 중시하는 사회적 생태학에 무게중심을 두면서 소외된 타자들을 한껏 자신의 시 속으로 끌어들여 갈 것으로 예감하였다. 그러한 시선이 다음 작품에 잘 나타나 있다.

마을회관 한구석 고물상 기다리며
한 마리 늙고 지친 짐승처럼 쭈그려 앉은,
흙에서 멀어진 적막과 폐허를 본다
한때 쟁기가 되어 수만 평의 논 갈아엎을 때마다
무논 젖은 흙들은 찰랑찰랑 얼마나

진저리치며 환희에 바르르 떨어댔던가
흙에 발 담가야 더욱 빛나던 몸 아니었던가
논일 끝나면 밭일, 밭일 끝나면
읍내 장터에, 잔칫집에, 떡방앗간에, 예식장에, 초상집에,
공판장에, 면사무소에, 군청에, 시위 현장에
부르는 곳이면 가서 제 할 도리 다해온 그였다
눈 많이 내렸던 겨울밤 만취한 주인 싣고 오다가
멀쩡한 다리 치받고 개울에 빠져 저세상으로 먼저 보내고
저 또한 팔다리 빠지고 어깨와 허리 크게 상하기도 했던
돌아보면 파란만장한 노동의, 그 오랜 시간을
에누리 없이 오체투지로 살아온 그가 오늘
바람이 저를 다녀갈 때마다
무력하게 검붉은 살비듬이나 쏟아내고 있는 것이다
생각해보면 몸의 기관들 거듭 갈아 끼우며
오늘까지 연명해 온 목숨 아닌가
올봄 마지막으로 그가 갈아 만든 논에
실하게 뿌리내린 벼 이삭들 다디단 가을볕
족족 빨아 마시며 불어오는 바람 출렁, 그네 타는데
때늦게 찾아온 불안한 안식에 좌불안석인 그를
하늘의 깊은 눈이 내려다보고 있다

　　　　　　　　　　—「깊은 눈」 전문, 『저녁 6시』

시인의 시선이 가닿은 곳은 "흙에서 멀어진 적막과 폐허"

가 된 쟁기이다. 이 작품은 "흙에 발 담가야 더욱 빛나던 몸"
이 이제는 "파란만장한 노동의, 그 오랜 시간"을 지나서 "때
늦게 찾아온 불안한 안식에 좌불안석"이 되어 있는 '시간'의
끔찍한 풍화를 노래한다. 하지만 이 같은 생명이 다한 폐허
의 풍경 위로 "하늘의 깊은 눈이 내려다보고" 있는 풍경이
병치됨으로써, 시인은 결국 그것이 우리가 기억하고 돌아
보아야 할 근원이자 궁극임을 암시한다. 슬픔을 통한, 슬
픔을 넘어선 타자로의 확산 과정이 거기에 농울치고 있다.

　나아가 이재무 시인은 이향離鄕에 따른 근원 회귀의 열
망, 현실 천착과 생태적 사유의 결합을 지나, 실존적 반성
과 자기 탐색의 흐름을 이어가게 된다. 그는 이러한 흐름
을 완만하게 이으면서도, 스스로 흔들리며 가는 삶이야말
로 가장 자유로운 것이라는 투명한 전언을 독자들에게 전해
왔다. 그리고 이렇게 오랜 격정의 시간과 들끓던 내면의 열
망을 충분히 가라앉히면서, 중년 이후 삶의 형식을 깊이 묻
고 사유하는 반성적 성찰의 기록은 시집 『경쾌한 유랑』으로
나타나게 된다. 이 시집에서 시인은 "돌", "빈 항아리", "붙
박이 나목" 등의 자연 사물과 내면 사이의 합일을 일관되게
추구해가면서, 세계와의 치명적 불화를 발화하는 데 주력
하는 일각의 흐름과 대비되는 그만의 시적 화법을 보여주었
다고 할 수 있을 것이다.

맹렬한 적개심으로 존재를 불태웠던

질풍노도의 서슬 퍼런 날들이 가고

돌들은 흩어져 여기저기 땅속에 처박혔다

돌 속에서 비칠, 어칠 사람들이 나오고

비로소 돌로 돌아간 돌들

저마다 각자 장단 완급의, 고요한

풍화의 시간 살고 있다
　　　　　　　—「돌로 돌아간 돌들」부분, 『경쾌한 유랑』

　이 시편에 등장하는, 일상 속에서 흔히 마주치는 "돌"은 자신의 본원으로 돌아와 고요한 "풍화의 시간"을 살아내는 존재로 전환되고 있다. 이재무는 이 시집에서 사물 사이의 긴밀한 유대를 통해 세계의 긍정과 생의 슬픔을 동시에 노래한다. 이러한 작업은 사물 속에 숨겨진 은밀한 내부까지 들여다보게끔 만들고, 시인 자신의 시를 감각적 현존으로 끝없이 회귀시킨다. 이렇듯 이재무 시인은 존재를 깊이 있게 투시하여 그 심부에 내재된 열정을 매개하고 표현한다. 자신의 존재론적 뿌리라고 할 수 있는 '기원(origin)'에 대한 깊은 탐색과 재현에 공을 들이면서, 시인은 자신의 고유한 음역音域을 통해 현실에서는 불가능한 상상적 존재 전환을 꾀해가는 것이다. 물론 이때 그의 사유와 감각이 비현실적인 몽상으로 이루어져 있는 것은 아니다. 오히려 그는 일상적 현실을 순간적으로 벗어나 전혀 다른 상상적 거소居所를 만들어내면서도, 궁극적으로는 지상에 발 딛고 살아가는 이의 존재 형식을 긍정하는 쪽으로 한결같이 귀착하고 있다. 이재무다운 시의 방법과 주제가 여기서 힘껏 결속하고 있는 것이다. 그리고 이러한 속성은 그의 근작 시집에서도 새로운 존재 생성의 에너지로 전화되어, 그의 안정되고 성숙한 시선을 잘 보여준다 할 것이다.

신발장 속 다 해진 신발들 나란히 누워 있다

여름날 아침 제비가 처마 떠나 들판 쏘다니며

벌레 물어다 새끼들 주린 입에 물려주듯이

저 신발들 번갈아, 누추한 가장 신고

세상 바다에 나가

위태롭게 출렁, 출렁대면서

비린 양식 싣고 와 어린 자식들 허기진 배 채워주었다

밑창 닳고 축 나간,

옆구리 움푹 파인 줄 선명한,

두 귀 닫고 깜깜 적막에 든,

들여다볼 적마다 뭉클해지는 저것들

살붙이인 양 여태도 버리지 못하고 있다
　　　　　　　　—「폐선들」 전문, 『슬픔에게 무릎을 꿇다』

　여기 '폐선廢船'으로 비유된 것은 시인이 애잔하게 바라보
고 있는 '낡은 신발'들이다. 마치 박목월의 명편 「가정家庭」
을 환기시키는 생활의 무게와 그로 인한 삶의 비애가 '신발'
이라는 상관물에 아득하게 실려 있다. 시인은 "신발장 속 다
해진 신발들"을, "누추한 가장"이 세상 바다에 나가 "위태롭

게 출렁, 출렁대면서// 비린 양식 싣고 와 어린 자식들 허기진 배 채워"준 배로 비유한다. 그로 인해 배는 모두 "밑창 닳고 축 나간,// 옆구리 움푹 파인 줄 선명한,// 두 귀 닫고 깜깜 적막에 든," 형상을 하고 있게 된다. 이때 이재무 시인은 "들여다볼 적마다 뭉클해지는" 것을 느끼면서, "살붙이" 처럼 절절하고 애틋한 신발들 곧 폐선들을 버리지 못하고 있다고 고백한다. 깊은 슬픔을 통한, 하지만 어느새 그 슬픔을 넘어선 타자로의 확산 과정이 여기에도 잘 녹아 있다.

소가 눈 들어 앞산을 바라보니

앞산이 호수에 잠긴다

눈 들어 하늘을 바라보니

구름이 잠긴다

소가 끔벅, 하고 눈을 감았다 뜨니

산이 눈을 빠져나오고

소가 또 끔벅, 하고 눈을 감았다 뜨니

구름이 빠져나온다

소는 느리게 걸어 다니는 호수를 가지고 있다
　　―「걸어 다니는 호수」 전문, 『슬픔은 어깨로 운다』

　이재무의 시선이 호수를 그득히 담은 '소의 눈'을 향한 것
은 매우 자연스럽다. 아직도 농경 사회의 잔상殘像으로서의
경험적 세부를 깊이 간직하고 있는 세대로서, 그는 첨예한
'몸의 기억'을 지니고 있지 않은가. 시인은 '소'를 일러 '걸어
다니는 호수'라고 명명하는데, 이때 "소의 커다란 눈"은 눈
물이 고인 호수 같기도 하고, 느리게 걸어 다니는 호수 같
기도 하다. 그 '눈'은 앞산과 구름을 호수에 잠기게도 하고,
더러는 산이 눈을 빠져나오고 구름이 빠져나오게도 한다.
그래서 '소의 눈'은 이미 작은 우주이자 마법의 자연으로 몸
을 바꾼다. 이처럼 이재무의 관찰과 묘사 과정은 정확하고
또한 풍요로운 변형 과정을 품고 있다.
　우리가 잘 알듯이, 인간을 둘러싼 환경이 달라지면서 서
정의 원리는 그 특유의 구심보다는 원심적 확장의 길을 걸
어왔다. 다시 말해 삶의 순간적 파악이나 심미적 관조로만
발화하기에는 사회적 관계가 복합성을 띠기 시작하였고,
따라서 그에 대한 대안적 사유를 표명할 때 서정시의 원심
적 변화 과정은 불가피한 것이 되어버렸다. 그럼에도 불구
하고 가장 선명한 언어를 통해 시를 쓰려는 시인들의 노력

은 압축과 고요의 미학에 대한 애착을 견고하게 지켜왔고, 또 그렇게 언어 과잉을 경계하려는 선택 행위를 지속해왔다. 이재무의 발생론이자 궁극적 귀속처로서의 '소의 눈'은, 일종의 공동체적 기억을 매개하면서, 그렇게 압축과 고요의 서정성을 지켜오게 한 것이다. 이처럼 이재무의 후기 시학은 더욱 농밀해진 묘사와 경험적 세부의 재현 과정을 통해 슬픔을 통한 삶의 형식과 함께 어느새 슬픔을 넘어선 타자로의 확산 과정을 가열하게 보여준다. 그의 최근 두 권의 시집이 모두 '슬픔'을 긍정하고 받아들이는 제목을 취한 것은, 그 점에서 결코 우연이 아닐 것이다.

5. 이재무 시의 궁극적 가치

사적인 이야기가 허락된다면, 이번 시선집은 이재무 시인이 자연인으로서 갑년甲年을 맞은 기념으로 마련된 것이라는 말씀을 드리고자 한다. 늘 소년일 줄만 알았던 그가 어느새 노경老境의 초입에 접어든 것이다. 그리고 올해로 그의 시력도 35년을 넘어서고 있다. 우리는 그의 오랜 시력에 한없는 경의를 표하면서, 그가 어떻게 그렇게 균질적으로, 커다란 슬럼프 없이, 좋은 서정시를 오래도록 써올 수 있었을까를 질문하게 된다. 시인은 아마도 웃음으로만 대답할 것이다.

대체로 서정시의 저류底流에는 시인 자신이 오래도록 겪어온 절실한 경험과 기억의 층이 녹아 있게 마련이다. 하지만 서정시의 대상이 일종의 공공성을 견지함으로써 사회적 확산을 가져오는 경우도 더러 있을 것인데, 이러한 확산은 타자를 포괄하면서도 동시에 다시 자기 자신으로 귀환해오는 과정을 포괄하는 것을 말한다. 그 점에서 이재무 시인이 그동안 써온 시편은, 구체적 삶의 맥락을 통해 서정시가 가지는 타자 지향의 원심력과 자기 회귀의 구심력을 동시에 보여주는 문학사적 실례라고 할 수 있을 것이다. 그 점 두고두고 이재무 시의 궁극적 가치로 남아, 우리 현대시사의 고유한 자산이 될 것이다.

그동안 기억과 유목, 서정과 구체성의 사이를 가로질러온 이재무 시인이 보여준 이러한 존재론적 진화론은, 타자들에 대한 복원 의지로 그의 남은 시적 생애가 채워져 갈 것임을 강렬하게 암시하고 있기도 하다. 그렇다면 이재무 시학은 앞으로 어느 방향을 향하게 될까? 아마도 그의 시편은 여전히, 하지만 새롭게, 경험의 구체성과 타자를 향한 행로에서 이채롭고 건강하게 반짝여갈 것이다. 그리고 그것은 본원적 '서정'과 경험적 '구체성'을 통해 완성되어 갈 것이다. 그리고 그 소실점에 '시인 이재무'의 고단하고도 성실하고도 지속적이었던 생애가 슬픔 머금은 글썽임으로 견고하게 빛을 뿌리고 있을 것이다.

특별 좌담

유성호(문학평론가, 한양대 교수, 사회)   이형권(문학평론가, 충남대 교수)

김춘식(문학평론가, 동국대 교수)   홍용희(문학평론가, 경희사이버대 교수)

'청년 시인' 이재무를 오래도록 만나다

남다른 기억의 삽화들

유성호 세 분 선생님, 안녕하세요? 이 자리에 참석하신 분들은 모두 이재무 시인과 각별한 인연이 있으신 걸로 알고 있습니다. 영원한 청년 시인 이재무 선생께서 회갑을 맞으셨는데요, 모두 감회가 남다르실 것 같습니다. 이재무 시인과 나눈 시간들 가운데 기억할 만한 삽화도 많으실 것 같고요. 그 기억들과 함께 이재무 시인과의 인연을 소개해 주시겠습니까? 저는 시선집의 권말에 해설을 달아놓았으니, 가급적 말을 줄이고, 세 분 선생님 말씀을 밀도 있게 듣는 안내 역할만 하도록 하겠습니다. 먼저 이형권 선생님께서 이야기해 주시지요.

이형권 제가 이재무 형과의 추억 가운데 각별히 기억나는 것은 십여 년 전에 함께했던 목포 여행입니다. 그 무렵은 재무 형이 『시작』의 편집위원으로서, 주간으로서 많은 고민을 하고 있던 시기였지요. 더구나 『시작』을 발간하는 '천년의시작'이 경영상 큰 어려움에 봉착한 것이었습니다. 그 어려움을 극복하기 위해 '천년의시작'은 시인이나 평론가들의 출연을 받아 주식회사 형태로 전환하고 있던 시기였습니다. 그리고 그 출연과 관련된 일을 거의 이재무 시인이 도맡아 하고 있었으니, 스트레스가 이만저만이 아니었을 겁니다. 그래서 재무 형은 목포에 있는 김선태 형을 만나러 훌쩍 떠나왔고, 마침 그날 나도 목포에서 선태 형과 대작을 하고 있었기에 자연스럽게 합석을 하게 되었던 것이지요. 그날 우리는 밤늦도록 많은 이야기와 더 많은 술을 함께 나누었습니다. 저는 그전에도 재무 형을 잘 알고 있었습니다. 더구나 제가 살고 있는 대전 출신의 시인이라서 조금도 불편 없이 저녁 겸 술자리를 함께했습니다. 그런데 밤새 통음을 하면서 이야기를 나누다 보니, 재무 형이 그동안 생각해왔던 것보다 훨씬 순수하고 열정적인 사람이란 걸 알게 되었습니다. 충청도 출신답게 우직하고 강고하고 직설적인 화법에서 풍겨 나오는 사내다운 모습도 보기 좋았습니다. 우리는 셋이서 술을 마시면 마실수록 마음의 코드가 잘 맞는 듯한 느낌을 받았습니다. 진보적인 현실관, 토속적인 정서, 남자다운 스케일 등에서 우리는 서로 친근감을 느꼈습니다. 우리 세 사람은 이심전심 앞으로 자주 만나 세상을 논하고 시를 논하자고 굳게 약속했습니다. 그런데 이 약속을 하자마자 재무 형이 불쑥 제안을 했습니다. "야, 선태하고 형권이하고 나하고 셋이서 의형제 하자." 유달산의 별빛이 유난히 반짝이던 그날, 한밤중의 이 엉뚱한, 혹은 뒷골목 풍의 제안에 세 사람은 조금의 망설임도 없이 흔쾌히 약조를 했습니다. "네, 형님." 선태 형과 나는 동시에 큰 소리로 대답을 했지요. 주위에서 우리들의 목소리만 들었다면 목포 깍두기들의 언약식으로 오해할 수도 있었을 것입니다. 그러나 우리는 폭력의 연대가 아니라 아름다운 서정 공동체를 지향하는 '해당화파'였습니다. 우리는 목포 앞바다 근처의 선술집에서 이미자의 「섬마을 선생님」을 목청껏 부르며 우의를 다졌습니다. "해에당화 피고지이는 서∼엄마으으을에 처얼새 따라아 차아자아아온 초옹가악 서언새생님∼" 재무 형의 젓가락 장단과 세 사람의 취기 어린 목소리는 목포 앞바다의 파도 소리와 밤새 어우러졌습니다. 벌써 오래전의 삽화지만, 아직도 그날의 흥취는 내 마음의 한쪽에 생생하게 남아 있습니다. 지금도 '조금새끼' 전설이 전하던 그 선술집이 남아 있다면 재무 형과 금명간 목포행을 다시 시도해보고 싶습니다. 그 뜨겁던 재무 형의 청춘이 벌써 환갑을 맞이한다니 참 세월이 쏜살같이 빠르다고 할 수밖에 없네요. 내가 아는 한, 재무 형은 환갑이라는 단어와 가장 잘 어울리지 않는 사람이 아닌가 싶습니다.

유성호 목포에서의 인연을 남다른 기억으로 가지고 계셨군요. 대전이라는 지역의 공유점도 두 분을 깊이 묶은 셈이고요. 다음으로 김춘식 선생께서 말씀해 주시지요.

김춘식 이재무 시인과의 첫 만남은 1998년이었던 것 같습니다. 이재무 시인의 첫 인상은 소탈하면서 어딘지 자존심이 강하고 고집이 있어 보였어요. 이후 『내일을 여는 작가』 등의 편집을 같이했고 2003년 『시작』의 편집위원으로 이재무 시인과 함께 일하게 되었습니다. 오랜 시간 함께 인연을 맺었던 만큼 잡지 운영이나 이런저런 일로 가끔 의견 충돌이 있기도 했지만, 벌써 20년을 잘 지내오고 있습니다, 이재무 시인에 대한 기억할 만한 삽화라면 아마 주로 술자리에서 벌어진 일인 것 같습니다. 이재무 시인의 습관 중 하나가 술을 마신 다음날 아침이면 종종 전화를 잘한다는 겁니다. 술자리에서 흥겹게 술을 마셔놓고도 그 흥이 도가 넘어서 혹 실수를 하지 않았나 하는 생각 때문일 텐데, 이런 점이 한편으로는 이재무 시인의 성격 중 한 단면을 잘 보여주는 것 같아요. 소탈하고 정겨운 면을 가지고 있지만, 또 한편으로는 사람들과의 사회적 관계 맺음에 대해서 늘 긴장하고 경계하는 측면이 있다고 할까요. 재미있고 유머도 풍부하지만 때로는 그 유머가 시골에서 도시로 이주한 시인의 외톨이 의식이나 고집과 만나면 돌연 독설이나 공격적인 언어로 바뀌는 경우도 있었던 것 같습니다. 이재무 시인 스스로도 이 점을 잘 알고 있기 때문에 술자리가 끝난 다음날이면, 종종 전화를 해서 전날 실수가 없었는지 물어보는 것이라고 생각합니다. 어쩌면 이런 점은 이재무 시인이 호탕하고 낙천적이면서도 현재의 잡지와 출판 경영에서 성실하고 주의 깊은 역량을 보여주는 것과도 관계가 있겠죠. 농촌 출신으로서의 천성이 지닌 '성실함', 그리고 '낙천적인 유머', 생각을 실천으로 옮기는 데 있어서의 주저함이나 망설임이 적어서 실행력이 강하다는 점 등은 오랜 시간 지켜본 이재무 시인의 큰 인간적 매력이라고 생각해요.

유성호 저도 아침 전화 많이 받았습니다.(웃음) 홍용희 선생께서는 어떠신가요?

홍용희 이재무 시인을 처음 만난 것은 제가 30대 초반이었던 1998년이었습니다. 회기동에서 있었던 한 늦은 술자리에 손님 입장으로 오셨어요. 이미 술이 많이 취해 있었습니다. 고개를 숙이고 눈을 지그시 감은 채 거침없이 던지는 말투나 제스처가 일제강점기 때 만주 어디쯤에서 어둠을 타고 내려온 독립투사 같은 인상이었어요. 물론 이미 『섣달그믐』의 시인으로 알고는 있었지만, 이름에서부터 강한 금속성 탄성을 느끼게 하잖아요. 이李, 재載, 무武라는 이름은 무사의 냄새가 배어 나오잖아요. 이 우연한 첫 만남이 이후 20여 년이 지난 지금까지 동아줄보다 더 단단하게 이어지는 인연의 원점일 줄은 저도 몰랐고 이재무 시인도 몰랐겠지요. 기억에 남는 삽화들은 세월의 굽잇길마다 참으로 많습니다만, 초창기에 지금은 고인이 되신 임영조, 김강태 선생님 등과 함께 사당동에서 정례적으로 만날 때입니다. 물론 이 모임도 이재무 시인이 있어 잔칫집처럼 흥성스럽고 즐거웠습니다. 이재무 시인은 남은 회비에 자기 돈을 보태서 자주 택시비를 쥐어주곤 했어요. 제가 제일 나이가 어리고 당시 정규직 월급을 받지 못하고 있다는 이유였지요. 도시 사람은 흉내 내기 어려운 농촌 출신의 두터운 인정, 보살피고 돌보는 공동체적 친화력, 6남매의 장자 의식 등이 내적 본성을 이루고 있는 사람이라는 생각이 들었어요. 아마 그가 『시작』은 물론 문단의 크고 작은 모임들을 주도적으로 이끌어 나갈 수 있는 리더십도 여기에서 출발하지 않나 생각됩니다.

초기시의 세계

유성호 세 분 모두 남다른 기억들을 간직하고 계신 것 같습니다. 기억 속의 이재무 시인의 상(像)도 크게 차이가 안 나네요. 그만큼 이재무 선생이 투명한 사람인 셈이지요. 이재무 시인은 초기에 농촌 경험의 정서적 재현과 한국 사회의 변혁적 에너지의 형상화에 남다른 공을 들였습니다. 『섣달그믐』으로부터 『벌초』 정도가 그 시기에 해당할 것 같은데, 초기 이재무 시에 대해 평가를 해주신다면 어떻겠습니까? 이번에는 홍용희 선생부터 차례로 말씀해 주시지요.

홍용희 이재무 시세계의 원형질은 농경적 상상력입니다. 이것은 그가 1958년 충남 부여에서도 읍내와 20리 정도 상거한 면 단위의 아주 작은 산촌 마을 태생이란 것과 깊이 연관될 것입니다. "다섯 마지기 가쟁이 논이 팔린 지/ 닷새째 되는 날"에는 "품앗이에서 돌아온 둘째 동생 재식이"가 "한동안 잊었던 울음"을 쏟아내고 "정직하고 성실하게 살자"는 "가훈이 덜컹 마루 끝으로"(「재식이」, 『온다던 사람 오지 않고』) 내동댕이쳐지는 사태가 일어났다는 시편에서 증언하듯, 그는 농촌의 가난 체험을 온몸으로 겪으면서 출발합니다. 그러나 그의 시편에서 농촌 체험은 가난과 박탈감의 부정성뿐만

이 아니라 인간적인 원형 공동체로서의 긍정성으로도 드러나는 특성을 보입니다. 계급적 사유보다는 체험적 삶이 우위에 놓이면서 농촌 삶의 사실성과 현장성의 진경을 폭넓게 확보해내고 있었던 것이지요. 그래서 그의 시세계는 민중의 억압과 변혁의 선명성을 경쟁하던 시대에도 금속성의 날카로운 구호보다는 대지적 비애와 생명의 감응을 추구하는 특성이 두드러집니다. 그의 초기의 주류를 이루던 민중 시편이 어렵고 힘든 가족사를 포함한 개인사적 체험으로 중심을 이루고 있으나 이것이 격정의 증오보다는 슬픈 해학을, 적나라한 고발보다는 비극적 탄식과 인간적 정감의 이미지로 확장되면서 서정적 공감을 얻을 수 있었던 것도 농촌 체험을 경직된 이념적 구도에 가두지 않았기 때문으로 보입니다. 이렇게 보면, 그에게 농촌 체험을 근간으로 하는 초기 시세계는 사회 현실로 나아가는 동력이면서 동시에 삶의 깊은 존재론적 이치를 터득하는 동력이 되기도 했다고 할 것입니다.

김춘식 이재무 시인의 초기시들은 대부분 농촌 공동체 혹은 가족애를 근간으로 한 기억에 기초하고 있습니다. 흙, 하늘, 벌레 울음소리, 밤 등의 자연 이미지는 시인의 정서적 기원인 가족애, 연민, 한숨 등과 서로 대응합니다. 80년대적인 상황에서 이런 이재무 시인의 시적 특질은 주로 '민중적 연대의 정서'로 평가되었다고 생각합니다. 그러나 30여 년 이상 시간이 흐른 현재의 시점에서 본다면 이재무 시인의 이런 특징은 단순히 시대 상황의 반영만이 아니라 시적 정체성 형성의 내력을 보여주는 '현재적 특징'이기도 한 것 같습니다. 그의 초기시가 낡은 과거의 세계를 대상으로 하면서도 그 정서의 측면에서는 새로운 것에 대한 열망과 동경으로 가득 차 있는 점은 그의 중기나 후기시의 특징을 예측하게 하는 징표입니다. '낡은 것'에서 과거의 숙명적 비애를 본다면, 새로운 것에서는 그 과거와 대립하는 긴장을 발견해냅니다. 초기시에 상처와 아픔의 근원인 고향에 대한 연민, 애증과 더불어 도시에 대한 동경과 적대감이 동시에 나타나는 것에서 이 점을 확인할 수 있습니다. 새로운 것에 대한 강한 호기심과 낡은 것에 대한 연민, 도시적 삶에 대한 적대감과 농촌의 성장 체험에 대한 애착, 그리고 도시적 삶에 안주하기 위한 생존의지 같은 것들이 만들어낸 긴장은 이재무 시인의 초기시를 단순히 80년대적인 특징을 넘어서 읽게 만드는 힘이라고 생각합니다.

이형권 재무 형의 농촌 서정은 자기만의 독특한 특성을 지닙니다. 일반적으로 농촌 서정은 전원적 아름다움의 상징으로 여겨지지만, 재무 형의 시에서 그것은 가난하지만 곡진하고 진실한 삶의 사연이 살아 숨 쉬는 곳이지요. 그리고 그곳은 어머니와 아버지, 형제들과의 추억이 살이 있는 곳입니다. 특히 재무 형의 시에 자주 등장했던 '엄니'는 농촌 서정과 하나의 몸이 됩니다. 그의 시에서 농촌 서정은 부여의 어느 농촌 마을에서 가난하지만 모성애를 잃지 않고 살아가시는 어머니의 서럽게 아름다운 사연이 담겨 있습니다. 가령 "개구리 울음꽃 피는/ 오월의 마을"(「빈집 1」)이 그러한 서정의 단적인 사례가 아닐까 합니다. 재무 형의 자연 서정에는 '삶의 문학' 동인답게 진솔한 삶의 무늬들이 생생하게 살아 있습니다. 한편 한국 사회의 변혁적 에너지와 관련된 시에서도 특이성을 간직하고 있습니다. 1983년 『삶의 문학』을 통해 시인으로서의 첫발을 내디딜 때부터 재무 형은 시대의 불의에 대항하는 정직하고 직정적인 언어를 구사하는 열혈 청년이었습니다. 이때 재무 형은 "80년 5월/ 거듭 밟히며, 그럴수록 더욱 단단히/ 다져지는 힘들"(「불-87년 6월 10일 부처」)에 시적 관심을 집중하게 됩니다. 그리하여 독재 세력과 외세로 대표되는 "적"(「적 2」, 「적 3」)과의 「싸움은 이제부터다」라고 외치면서 "세상 어지러움을 이기는 길이/ 바로 분노에 있음"(「옥수수」)을 환기해 줍니다. 저는 엊그제 『1987』이라는 영화를 보았는데, 언뜻언뜻 이와 같은 재무 형의 시구들이 떠올랐습니다. 우리 나라 리얼리즘시 혹은 민중시라는 것은 대부분 지나치게 이념화되거나 정치화되는 것이 문제인데, 재무 형의 사회 비판적 시편들은 상당히 밀도 높은 서정성을 확보하고 있습니다. 특히 중기시 이후에 그러한 성향을 강하게 드러납니다. 이것은 랑시에르의 말을 빌리면 '정치의 문학'이 아니라 '문학의 정치'와 관련되는 것이지요. 재무 형은 평소에 현실 정치에 대해 매우 혁신적이고 과격한 발언들을 하지만, 그의 시를 살펴보면 그러한 표현들이 어디론가 사라지고 서정의 밀도가 높은 언어를 구사합니다. 이는 현실의 정치에도 관심이 많지만 한 시인으로서는 철저하게 '시의 정치'를 추구한다는 증거이지요. 재무 형은 문학 그 자체를 통해 정치적 역할을 해야 한다는 점을 몸소 실천하고 있는 셈입니다.

중기시의 세계

유성호　초기 시편의 이채로움과 개성에 대한 세 분의 진단이 매우 적실하게 우리 평단을 울릴 것 같습니다. 이후 이재무 시인은 『몸에 피는 꽃』에서는 '몸'의 발견 과정을, 『위대한 식사』에서는 생태적 관점의 확보 과정을 보여줍니다. 이른바 중기 시편이라고 할 수 있겠는데요. 그만큼 이 시기에는 활달한 담론적 개척 양상이 보입니다. 이 시기의 이재무 시학에서 중요하게 보시는 담론적 차원은 어떤 것이 있으실지요?

김춘식 90년대 이후 이재무 시인의 시적 전개는 자의식적인 변화의 시기에 들어간 것 같아요. 80년대의 시가 시적 진정성에 기초해서 자연발생적으로 표출된 것이라면, 90년대의 시는 시적 방향, 시의 형식 등에 대해서 자의식적인 변화를 모색하고 있다고 봅니다. 몸에 대한 성찰뿐만 아니라 『위대한 식사』에서 극적으로 변모된 고향의 모습은 약자나 수난사로 얼룩진 가족이 아니라, 생태적인 차원에서 자연과 일치하고 승화되어 정신적 승리를 이루고 있는 새로운 가치로 제시됩니다. 이런 변화는 분명 90년대적인 반근대 담론, 생태주의 등의 영향을 받았다고 볼 수 있을 겁니다. 그러나 이재무 시인의 큰 장점은 담론적인 영향을 아주 자연스럽게 체험화한다는 점에 있습니다. 즉, 새로운 가치에 대한 탐색을 자신의 기억과 내면으로부터 찾아서 시적 형상화로 이끌어내는 능력이 이 시기에 잘 드러납니다. 아마 시적 자의식이 전면화되는 과정에서 담론적인 것을 구체적이고 일상적이면서 개인의 삶에 밀착된 기억 등과 결합하는 나름의 시적 실험이 이 시기에 이루어졌으리라고 추측합니다. 아마 이 시기의 시편이 담론적인 차원에 단순히 머물렀다면 미적 형상화 수준에서는 여전히 계몽적인 발화를 벗어나지 못했으리라고 생각합니다. 어쩌면 이런 담론적 차원에, 90년대적인 일상이 주는 감상과 체험의 실체를 주목한 시인의 자의식이 더해짐으로써 이재무 시인의 시가 한층 도약하는 계기가 만들어지지 않았나 생각합니다. 즉, 기억과 추억에 대한 미적 자각과 가치 부여는 담론적 차원을 넘어서는 것인데, 중년이 된 시인의 체험적 측면이 그의 시 속으로 녹아들어 가면서 시를 좀 더 미학적으로 만들어낸 것이 아닌가 생각합니다.

이형권 재무 형은 이제까지 시대정신에 투철한 작품 활동을 이어왔습니다. 그것은 1980년대든 1990년대든 오늘날이든 다 마찬가지입니다. 여기서 말하고자 하는 1990년대 우리 시는, 알다시피 몸의 시학이나 생태시학과 직간접적으로 연관되어 있었습니다. 몸의 발견은 니체적 사유 혹은 탈구조주의적 인식틀이 시적으로 실천된 것인데, 1990년대 이후 우리 시단이 맞이했던 거대 담론의 공백을 메꾸어 주는 역할을 했습니다. 재무 형의 시에서 몸이라는 것은 물적 토대로서의 육체라는 의미도 드러나지만, 그보다는 정신적 차원의 타자라는 폭넓은 의미로 이해하는 것이 옳을 듯합니다. 즉 거대 담론의 시대 혹은 근대 사회를 지나오면서 그동안 잃어버리거나 잊어버렸던 타자의 가치를 호명한 것이지요. 즉 정신의 타자인 육체, 다수자의 타자인 소수자, 문명의 타자인 자연, 이성의 타자인 정이나 감성 등과 같은 것들을 시적으로 호명했던 것이지요. 이러한 가치들은 재무 형의 중기시에 빈도 높게 드러납니다. 이런 점에서 생태시라는 것도 실은 타자의 가치에 대한 의미 부여와 관련됩니다. 생태시는 그동안 인간 중심적 문명과 자본의 중독자로 살아온 근대적 인간에 대한 성찰을 추구하는 것 아니겠습니까? 생태시는 그 성찰의 자리에 자연 혹은 자연의 가치 개념을 끌어들이는 것인데, 재무 형의 경우 생래적으로 생태 시인의 소질을 타고났다고 할 수 있습니다. 재무 형은 그동안 적지 않은 시적 변신을 해왔지만, 그럼에도 불구하고 일관된 시적 정서를 꼽으라면 농촌 서정을 들지 않을 수 없습니다. 어린 시절이긴 하지만 부여에서의 농촌 체험은 그의 시가 존재하는 근원적 바탕이라고 할 수 있습니다. 물론 농촌 체험이 모두 생태시로 직행하는 것은 아니지만, 농촌 체험이 도시적 삶에 대한 성찰의 매개 역할을 한다는 점에서 생태적 인식과 연관되어 있음에는 틀림없습니다. 그런데 재무 형의 시에 드러나는 생태의식은 자연 자체의 가치를 발견하거나 환경을 보호하자는 차원에 머물지는 않습니다. 그의 생태 의식은 자연을 대상화하는 표층생태학이나 자연을 절대화하는 근본생태학과는 다른 양상을 보여줍니다. 즉 그의 생태의식은 인간과 자연의 상생뿐 아니라 인간과 인간의 상생을 지향한다는 점에서 머레이 북친이 말한 사회생태학에 가깝습니다. 이 점은 재무 형이 지향해 온 삶의 일관성과 관련하여 중요한 의미가 있을 듯합니다. 즉 유년기와 청소년기에 일종의 생태낙원인 농촌에서의 체험은, 청년기에 대전과 서울에서의 삭막한 도시적 삶과 독재 시대의 체험, 그리고 중장년기의 비정한 자본주의의 체험 등을 벗어나 생태적 삶을 지향하게 하는 모티브가 되었다고 볼 수 있습니다. 결국 재무 형의 삶은 유년기부터 지금까지 생태의식과 직간접적으로 연결되어 있다고 보아야 할 것입니다. 그렇다면 그가 청춘을 던졌던 1980년대의 반독재 민주주의를 위한 시적 실천도 사회생태학의 차원에서 이해될 수 있는 것이지요. 사실 생태학의 근본은 자연과 자연, 인간과 자연, 인간과 인간 사이의 민주주의 혹은 평등주의를 실현하는 데 있는 것 아니겠습니까? 이렇게 보면, 약간의 논리의 비약은 있지만, 재무 형은 처음부터 오늘까지 생태 시인으로서의 일관된 시적 지향을 견지해왔다고 할 수 있습니다.

홍용희 앞에서도 언급한 것처럼 이재무 시세계의 가장 큰 미덕은 체험적 현장성에 있습니다. 따라서 그가 몸의 시학 또는 생태적 담론을 누구보다 깊이 밀고 나갈 수 있었던 것도 여기에서 비롯되는 것으로 보입니다. 그야말로 이념적 사유나 논리보다 체험적 진정성이 바탕을 이룰 때 몸의 언어와 생태적 상상의 중심에 제대로 가닿을 수 있는 것이지요. 그의 여섯 번째 시집 『위대한 식사』의 표제작을 읽어보기로 하지요.

> 산그늘 두꺼워지고 흙 묻은 연장들
> 허청에 함부로 널브러지고
> 마당가 매캐한 모깃불 피어오르는
> 다 늦은 저녁 멍석 위 둥근 밥상
> 식구들 말없는, 분주한 수저질
> 뜨거운 우렁된장 속으로 겁 없이
> 뛰어드는 밤새 울음,
> 물김치 속으로 비계처럼 둥둥
> 별 몇 점 떠 있고 냉수 사발 속으로
> 아, 새까맣게 몰려오는 풀벌레 울음
> (중략)
> 능선처럼 불룩해진 배

트림 몇 번으로 꺼뜨리며 사립 나서면

태지봉 옆구리를 헉헉,

숨이 가쁜 듯 비틀대는

농주에 취한 달의 거친 숨소리

아, 그날의 위대했던 반찬들이여

"둥근 밥상" 위에 "밤새 울음", 하늘의 "별", "풀벌레 울음", "달의 거친 숨소리"들이 서로 어우러져 있습니다. "멍석 위 둥근 밥상"은 우주의 밥상입니다. 그는 생태시학을 노래하고 있는 것이 아니라 파도처럼 춤추던 생명 과정을 노래하고 있는 것이지요. 그는 '밥이 하늘이다'라고 생각하기 이전에 이미 체득하여 노래하고 있는 형국이지요. 없는 것이 많았던 유년의 삶이 오히려 우주적 풍요를 더욱 또렷하게 환기시키는 기억의 보고로 존재하고 있습니다. 우리 현대사가 너무도 급박하게 질주하면서 유년기의 과거가 오래된 미래로 존재하는 경우를 만나게 되지요. 이재무의 시적 삶이 개척한 새로운 담론 역시 이러한 속성을 지닌 것으로 보입니다.

후기시의 세계

유성호   제가 드린 질문에 세 분이 너무도 소상하고도 구체적으로 이재무 시학의 진경進境을 지적해주신 것 같습니다. 그러다가 이재무 시인은 『푸른 고집』이후 역사와 일상, 숨과 꿈, 노래와 이야기 등 자유롭게 범주들을 확장해가면서 시를 쓰고 있는 듯이 보입니다. 이른바 후기로 들어가면서 이재무 시학에서 눈에 띄는 부분은 어떤 것이 있겠습니까?

홍용희 근자의 이재무 시세계를 보면 그의 시적 상상력의 뿌리를 이루는 농경적 세계관이 매우 흥미롭게도 우주적 리듬을 관장하는 무위의 질서를 응시하는 정관의 태도로 부상하고 있다는 생각이 듭니다. 다시 말해, 그는 비교적 유장한 호흡으로 사물의 존재 원리를 직시하고 있는 것이지요. 그래서 그의 근자의 시편에는 '고요'의 이미지가 매우 빈번하게 등장하고 있습니다. 자연의 운행 원리에 상응하는 무위의 질서와 힘을 제대로 직시하고 발견할 수 있는 방법론이 스스로 고요함을 지키는 것이기 때문이지요. 노자의 고요함을 지키고 허를 지키면 만물이 번성하고 그것이 본모습으로 돌아가는 것을 본다(致虛極 守靜篤 萬物竝作 吾以觀復)는 전언에 상응하는 것이지요. 그가 노래하는 「고요는 힘이 세다」 같은 작품은 그래서 더욱 주목됩니다.

　　고요는 힘이 세다 고요를 당해낼 자는 아무도 없다 제

주장을 하지 않아 늘 소음에 시달리고 주눅 들고 내몰리는
것 같지만 고요가 패배한 적은 없다. 제 풀에 지쳐 소음이
나뒹굴 때 공간을 차지하는 것은 고요다. 고요는 사라지지
않는다. 보아라 고요가 울울창창 우거진 세계를!

'고요'만큼 존재감이 약한 것이 없겠지요. '고요'는 "제 주장
을 하지 않아 늘 소음에 시달리고 주눅 들고 내몰"립니다.
그러나 '고요'는 결코 지치거나 '패배'하지 않습니다. 그래
서 결국 "공간을 차지하는 것은 고요"입니다. 세상의 주인
은 '소음'이 아니라 '고요'라는 것입니다. 그러나 '고요'의 존
재성은 없음으로 있음을 증명합니다. "공중엔 삼림처럼 빽
빽하게 정적이 우거지고 있"(「우거지다」)지만 이를 자각적으
로 인식하지 못할 뿐입니다. 고요는 활동하지만 무로 존재
하기 때문입니다. "소쩍새가 울고 난 뒤 벌레 먹은 풋감이
떨어"(「고요」)지는 '소음'을 통해 '고요'의 존재성은 자각됩니
다. '고요'란 '소음'의 반대가 아니라 '소음'의 출발과 회귀의
근원인 것이지요. 따라서 '고요'를 응시하는 것은 우주의 실
체를 응시하고 감지하는 것입니다. 그는 '고요'에 대한 감
지를 통해 만물의 본모습과 세상사의 이치를 관찰하고 터
득하는 미의식을 추구해가고 있는 것으로 보입니다. 그리
고 이것은 그의 시세계의 원점에 해당하는 농경적 상상력

에 기인하는 것으로 보입니다. 일회적 시간성에 바탕하는 산업적 인간형과 달리 농업적 인간형은 만상의 출발과 회귀의 근원인 겨울의 고요를 기준점으로 하는 계절적 시간성에 기반하지요.

김춘식 이재무 시인의 시적 전개는 90년대 후반의 시기에 하나의 방향을 만들었다고 판단합니다. 앞에서 말한 담론적인 것을 승화시켜내는 육성, 개인적 체험과 기억에 대한 성찰의 시적 활용입니다. 이재무 시인의 시가 어딘지 소박한 구석이 있는데, 이 소박함을 개성으로 만들어내는 힘은 후기의 다양성에 그대로 직결되는 것입니다. 다양한 영역에서의 시적 개진은 달리 말하면 이재무 시인의 개성이 시적 가치와 필요를 요구하는 목소리의 선명성 여부에 따라서 성패가 좌우될 뿐 그 소재나 시적 대상의 변화에는 오히려 큰 영향을 받지 않는다고 생각합니다.

이형권 한 시인이 나이가 들면 잠언적 시나 일상적 이야기 시로 나가는 경우가 많습니다. 전자는 이제 살 만큼 살았으니 인생에 대한 깨달음을 전해야겠다는 자만심의 결과이고, 후자는 시와 인생 경험을 편안하게 이야기해도 시가 될 것이라는 게으름의 결과입니다. 이 두 가지는 우리 나라에서 젊은 시절 좋은 시를 썼던 시인이 원로 시인이 되면 시적으로 맥없이 무너지는 이유입니다. 그러나 재무 형은 아직 원로라고 말하기는 어렵지만, 적어도 이 두 가지의 문제점에서는 멀리 벗어나 있다고 말할 수 있습니다. 등단 이후 정말 꾸준히 시적 긴장감을 놓치지 않고 새로운 모색을 시도해왔습니다. 동년배 시인들 가운데 몇 안 되는 사례라고 할 수 있지요. 요즈음 재무 형의 시는 자신의 삶에 대한 성찰적 인식에 무게중심을 두고 있는 듯합니다. 원심적 상상력보다는 구심적 상상력을 자주 보여주고 있다고 할 수 있습니다. 이러한 경향은 시상이 더욱 깊어지고 진솔의 밀도가 높아지는 쪽으로 나아가는 것이니, 저는 긍정적인 방향이라고 보고 싶습니다. 다만 앞서 말씀드린 대로 삶의 디테일이 없는 뜬금없는 에피그램이나 시적 긴장감이 소거된 서술시에 대한 경계심을 갖는다면 이제까지의 시적 성과를 더욱 업그레이드할 수 있지 않을까 생각합니다. 재무 형은 아직 에너지가 넘치지 않습니까?

이재무 시학의 문학사적 의미

유성호 네 분 말씀을 통해 이재무 시의 전개 과정이랄까 진화 과정이랄까 하는 것들을 선명하게 이해할 수 있었습니다. 그렇다면 이번에는 궁극적인 이재무 시의 문학사적 가치랄까, 의미랄까 하는 것을 정리해주시면 어떻겠습니까?

이형권 재무 형의 시는 1980년대에서 1990년대로 넘어가는 시기, 1990년대에서 2000년대로 넘어가는 시기에 일종의 변곡점이 존재합니다. 시정신의 차원에서 1980년대는 반독재 투쟁과 민주주의 사회, 1990년대는 문명 비판과 생태적 삶, 2000년대 이후에는 내면적 자기 성찰 등을 초점화하고 있습니다. 이러한 흐름 속에서 재무 형의 시가 이룩한 문학사적 의미는 우선 당대 정신 혹은 시대 담론과의 교감이 충실하다는 점을 들 수 있을 것 같습니다. 그러나 그보다 더 중요한 것은 그러한 현실 감각이 밀도 높은 서정성의 차원과 결합하고 있다는 점입니다. 가령 일종의 목적의식이 도드라질 수 있는 1980년대의 저항시나 1990년대의 생태시에서도 농촌 서정을 바탕으로 하는 리리시즘과 페이소스를 통해 시적 감성을 고양시켜주고 있습니다. 현실 감각과 시적 감각 혹은 예술적 감각의 조화를 보여주고 있는 셈이지요. 이는 1980년대 박노해나 백무산의 노동시에 나타나는 직설적 언어나 이념의 과잉과 다르고, 또 1990년대 최승호나 박용하의 생태시에 드러나지 않는 농촌 서정 혹은 공동체 의식을 수용하는 특이성을 보여줍니다. 또 하나 저는 어느 글에서 재무 형의 시를 '도저한 정직성의 시'라고 정의한 적이 있습니다. 도저하다는 것은 '행동이나 몸가짐이 빗나가지 않고 곧아서 훌륭하다'는 뜻입니다. 거기에 정직하다는 것은 말 그대로 거짓 혹은 과장이 없다는 것이지요. 하여 '도저한 정직성'이라는 말은 잔꾀나 과도한 기교, 이념의 과잉이 없이 체험적 진솔성을 있는 그대로 보여준다는 의미입니다. 과잉이 있다면 솔직함의 과잉이 있다고 할 수 있죠. 이 점은 리얼리즘 시인 혹은 현실주의 시인 가운데 재무 형만이 지니는 독특한 모습입니다.

김춘식 현재의 입장에서 이재무 시인의 문학사적 위치를 말한다는 것은 다소 이르다고 판단합니다. 소위 100세 시대라는 현재의 환경을 고려한다면 이재무 시인의 문학적 경력은 어쩌면 지금 한창 펼쳐지는 중간 과정이라고 할 수도 있겠죠.(웃음) 그래도 중간적인 과정에서의 점검이라는 측면에서 본다면, 이재무 시인은 세대론적인 차원에서 전후 베이비붐 세대의 성장 이력을 우선 잘 보여주는 시인입니다. 농촌, 도시, 산업화, 문명비판, 생태주의 등 그의 시적 여정 안에 한국의 근대사가 새겨져 있기도 합니다. 다음은 시인의 자기비판과 자기 응시에서 한 의미를 찾을 수 있을 듯합니다. '시인으로 살아남기'라는 차원의 명제는 단순히 경제적 생존뿐만 아니라, 시적인 독창성이라는 측면도 동시에 지닌 것입니다. 이재무 시인의 위치는 어쩌면 이 지점에서 평가될 수도 있을 듯합니다. 시인의 경제적 생존과 미적 생존은 시의 예술성과 대중성이라는 차원에도 닿는 문제입니다. 이 문제는 아마 앞으로도 지속적인 고찰을 필요로 할 수밖에 없습니다.

홍용희 이재무 시세계의 시사적 의미는 앞으로 계속 논의되면서 새롭게 자리매김되어야 할 과제라고 생각합니다. 저는 이재무 시세계의 원점이며 본령이라고 할 1980년대 현실주의 시편에 중심을 두고 개략적으로 언급해보도록 하겠습니다. 지금까지 1980년대 현실주의 시사에 대해서 주로 선명성과 선동성에 주목하고 극명한 이념의 언어로 뭉뚱그려 규정하는 관행을 보여왔습니다. 1980년대에 급진적인 혁명문학론을 주도했던 문예 이론가들은 많은 경우 자설 철회를 하기도 했으나 정작 시적 현상에 대해서는 성찰적인 평가의 과정을 거치지 못한 것으로 보입니다. 결론적으로 말해서, 1980년대 현실주의 시사에 대해 노동자 계급의 미적 이상화를 부각시켜온 관행을 체험적 진정성과 공동체적 보편성의 미의식 위주로 전도시킬 필요가 있다는 것이지요. 이렇게 볼 때, 노동해방이나 민족해방론에 입각한 변혁

논리를 내세운 시편들보다 체험적 현실과 미적 보편성을 지향한 시편에 대한 적극적인 평가가 이루어져야 한다는 것입니다. 이재무의 시세계에 대한 시사적 조명은 이러한 논리 속에서 좀 더 적극적으로 평가되어야 한다고 생각됩니다.

가장 좋아하는 이재무 시편

유성호 그렇다면 아주 구체적으로, 이재무 시에서 가장 좋아하시는 작품 한 편을 소개해 주시고, 느낌을 말씀해 주세요.

김춘식 워낙 많은 시 중에서 좋아하는 시 한 편을 고른다는 것은 폭력적일 만큼 무모한 일일 수도 있겠다는 생각을 합니다. 그래도 한 편을 고른다면 일단 독자에게 소개한다는 차원에서 어느 정도 가능할 것 같습니다. 「푸른 개」나 「웃음의 배후」 같은 성찰적인 사유가 담긴 시를 소개하고 싶습니다. 이재무 시인의 작품 중에는 감성적이고 울림이 커서 좋은 작품도 많습니다. 그러나 「웃음의 배후」 같은 작품은 섬세하고 복잡한 내면을 바라보면서 중견 시인으로서의 깊이를 동시에 보여주는 작품이라는 점에서 회갑을 맞는 이재무 시인의 현재에 더 적합한 시라고 생각합니다.

홍용희 이재무의 시편 중에 세월의 풍파에도 바래지 않는 명편들이 적지 않습니다만 한 편을 꼽으라면 근자에 읽은 이 시를 내세우고 싶습니다.

소가 눈 들어 앞산을 바라보니

앞산이 호수에 잠긴다

눈 들어 하늘을 바라보니

구름이 잠긴다

소가 끔벅, 하고 눈을 감았다 뜨니

산이 눈을 빠져 나오고

소가 또 끔벅, 하고 눈을 감았다 뜨니

구름이 빠져나온다

소는 느리게 걸어 다니는 호수를 가지고 있다

—「걸어 다니는 호수」 전문

저는 이 시편의 '소'에서 이재무 시인의 얼굴을 떠올리게 됩니다. 그 이유를 한마디로 요약하기는 어렵습니다만 "걸어 다니는 호수"에 비유하는 소의 눈이 이재무의 시 창작의 우물처럼 느껴집니다. "소가 눈 들어 앞산을 바라보"고 "하늘을" 보면 "소"의 "눈" 속에 산과 하늘이 살게 됩니다. "소가 끔벅, 하고 눈을 감았다 뜨니" "산"과 "구름"이 "빠져" 나옵니다. 산과 하늘이 "소" 안에 살고 "소" 안에서 나오고 있습니다. 물론 이것은 "소는 느리게 걸어 다니는 호수를 가지고 있"기 때문입니다. 하염없이 맑고 큰 "눈"인 것이지요. 그러나 이렇게 말하면 다소 현상적인 해석이겠지요. 실제로 "소"의 몸에는 이미 "산/하늘/구름"이 들어와 있지 않은가 생각됩니다. "산/하늘/구름"과의 상호의존적 관계성, 연속성 속에서 "소"의 삶이 가능하기 때문이지요. 불가에서는 '중중제망重重製網'의 인과적 관계성이 모든 존재의 실체이며 가능태의 본질이라고 하잖아요. 이를테면, 둥근 인연의 마디에 있는 구슬에 우주의 삼라만상이 서로서로 투영되고 있다는 인드라망 같은 것에 상응되는 것이지요. 소의 천진성과 순정성이 노래하고 있는 우주율이라고 말해볼 수 있을 것 같습니다. 쉽고 흥미롭고 친숙하면서도 깊은 미적 이치를 열어나가는 시편입니다.

이형권 저는 개인적으로 「위대한 식사」를 좋아합니다. 이 시는 재무 형 특유의 농촌 서정과 생태 의식이 잘 조화를 이룬 작품입니다. 제가 보기에 가장 재무 형다운 시라고 할 수 있습니다.

유성호 마지막으로 회갑을 맞는 '시인 이재무', '청년 이재무' 선생께 사적으로 한 말씀씩 해주시지요.

이형권 다시 시작이지요. 다행히 재무 형의 별명이 '청년 이재무'이니 영원한 청년으로 살아야 하는 것은 소망이 아니라 의무입니다. 60갑자를 돌아왔으니, 도저하게 정직하게 다시 60갑자를 향해 터벅터벅 걸어가기를 바랍니다. 그래서 다시 60갑자를 맞이했으면 합니다. 너무 과한가요?(웃음) 아무튼 건강하게 오래 쓰고 오래 살아야죠. 황지우 시인이 「의혹을 향하여」에서 '시인은 늙지 않으려면 일찍 죽어야 한다.'고 했지만, 재무 형은 아직 늙지 않았으니 더 오래 살아도 됩니다. 혹여 어느 시절에 육신이 이 세상을 떠난들, 재부 형의 분신인 시편들이 여기저기 살아 숨을 쉴 테니 문제는 전혀 없을 것입니다.

홍용희 1958년 개띠 출생인 이재무 시인이 어느덧 회갑을 맞이했습니다. 세월의 흐름을 날아가는 화살 같다고 한 상투적인 비유를 되뇔 수밖에 없네요. 문득 이런 생각이 듭니다. 물리적으로도 요즘 100세 시대라고 하잖아요. 그렇게 보면 회갑의 의미는 분명 예전과는 다릅니다. 그야말로 앞으로 40여 년이 남았다는 표식 같은 것이지요. 원로의 문학이 아니라 40여 년이 남은 자의 시, 꿈, 사랑 등에 자기 도약의 새 길을 개척해나가길 주문하고 싶습니다. 후배들도 즐겁게 따라갈 수 있는 이정표를 만들어놓으시라는 것입니다.

김춘식　회갑, 청년을 동시에 나열하는 첫 시인이 아닐까 생각합니다. 회갑 그러나 청년 시인이라는 새로운 이미지에 아주 잘 맞네요. 회갑 축하합니다. 회갑이 주역으로 따지면 한 번 사이클이 돌아서 처음으로 돌아온 것이라고 합니다. 그러니, 한 번 인생을 돌아서 처음으로 돌아온 것 진심으로 축하합니다. 처음을 여는 마음으로 더욱 즐겁게 사시기 바랍니다.

유성호　우리 모두 '청년 시인' 이재무를 오래도록 만날 것 같습니다. 모두 수고 많으셨습니다. 감사합니다.

시인 이재무를
말 한 다

김선태

일러두기

필자는 '시인 이재무론'이라기보다 '인간 이재무론'에 가까운 글을 이번으로 세 번째
쓴다. 시인론도 아니고 작품론도 아닌 인간론을 쓴다는 것은 그만큼 그와 필자가 사
적으로 가깝다는 말이 된다. 사적으로 가깝다는 것은 객관성보다 주관성에 치우칠
염려가 있다. 그래서 이런 글을 쓴다는 것은 여러모로 부담감이 따르는 게 사실이
다. 하지만 필자는 회갑을 맞은 그를 위해 이러한 부담감을 최대한 떨쳐버리고 기꺼
운 마음으로 인간적인 글을 쓰려고 한다.

소탈하고 솔직담백한 시인

김선태(시인·목포대 교수)

1. '58년 개띠생' 그리고 좌파

이재무 시인은 1958년에 태어났다. 이른바 전후 베이비 붐 세대의 아이콘인 '58 개띠'생이다. 격변기에 태어난 이들은 평등의식이 유난히 강하고, 상대적으로 많은 경쟁을 거치다 보니 자부심이 대단한 특징을 지니고 있다고 한다. 그래서인지는 몰라도 그는 권위의식이나 엘리트의식을 지닌 사람을 본능적으로 싫어한다. 달리 말하면 상명하복에 곧잘 저항한다. 게다가 경쟁관계에서 살아남는 힘이 상대적으로 강하다. 개는 인간과 가장 친화적인 동물이지만 경계심이 강하고 사나우며 후각이 뛰어난 동물이기도 하다. 그래서 집을 지키거나, 사냥에 쓰이거나, 윤동주의 시에서처럼 컹컹 "어둠을 짓는" 파수꾼 역할을 한다.

그는 백제의 고도인 충남 부여에서 태어났다. 그러나 본향은 전남 함평이다. 그래서인지 그의 성정은 충청도 사람보다 전라도 사람의 그것에 훨씬 가깝다.

이재무 시인은 좌파 계열의 시인으로 알려져 있다. 주지하다시피 그가 시작 활동을 시작한 80년대 초반은 민주화 열기로 뜨거웠던 시기였다. 1983년 무크지 『삶의 문학』에 처음으로 시를 발표하며 시단에 얼굴을 내민 그는 이후 곧바로 상경하여 자유실천문인협회 상임간사, 민족예술인총연합회 대의원, 민족문학작가회의 시분과 위원회 부위원장, 작가회의 기관지 『내일을 여는 작가』 편집주간을 맡는 등 좌파 문인의 전력을 쌓아왔다. 특히 그는 1980년대 후반에 이르러 좌파 문인들이 구심점과 방향성을 잃고 좌절하거나 흩어질 때 끝까지 자신의 시적 중심을 잃지 않고 살아남은 몇 안 되는 시인 중의 한 사람으로 꼽힌다. 그러나 필자는 그가 성공한 시인으로 살아남을 수 있었던 것은 이러한 좌파 문인으로서 전력이나 일관성 때문이 아니라 시를 향한 열정과 허기가 그 누구보다도 강렬했기 때문이라고 생각한다. 사실 그의 시는 우리의 선입감과는 달리 좌파 문학으로서의 이념성이 뚜렷하게 드러나진 않는다. 일상적 현실을 반영하되 어디까지나 유연한 서정성을 바탕으로 삶의 깨달음에 이르는 것이 그의 시를 관통하는 본질이라고 판단되기 때문이다. 필자는 바로 이 유연한 서정성을 지닌 시적 자질이 그를 성공적인 시인으로 이끌었던 원인이라고 생각한다.

2. 유목민의 상처와 슬픔

이재무 시인의 서울 생활은 그의 시력 35년과 비례한다. 대전에서 한남대 국문과를 졸업하고 입성할 당시 서울은 그에게 사고무친의 허허벌판이나 다름없었을 것이다. 그는 그 황량한 벌판에서 오로지 시 하나에만 의지한 채 오랫동안 비정규직으로 떠돌았다. 40대 이전에는 주로 입시학원 강사로, 40대 이후에는 주로 대학강사 생활을 하며 밥벌이를 해왔다. 추계예대, 한남대, 한신대, 청주과학대, 협성대, 서울디지털대학교 등 그의 약력 뒤에 즐비하게 달라붙은 대학의 이름들이 이를 증명한다. 그러나 그는 어떻게든 한 달에 200만 원씩은 벌어 꼬박꼬박 집에 가져다주는 성실하고 책임감 있는 가장이었다. 그런 성실성과 강한 생활력이 있었기에 지금껏 그 험난하기 짝이 없는 서울 생활이 가능하지 않았을까 짐작해본다. 그만큼 그는 살아남기 위해서 자린고비의 삶을 살지 않을 수 없었던 것이다. 그 과정에서 엄청난 자괴감과 상처를 떠안아야 했을 것이다.

그런 그가 근래 들어 비정규직을 벗어날 수 있게 됐다. ㈜천년의시작의 발행인(그는 스스로 CEO라고 함)이라는 공식적인 직함을 갖게 된 것이 그것이다. 다행히 뛰어난 사업수완으로 출판사 사정도 획기적으로 나아졌다고 한다. 게다가 처음으로 자신의 집까지 마련할 수 있게 되어 경사가 겹쳤다(최근 필자는 그의 집을 들른 적이 있다. 느긋하게 소파에 앉아 서울 생활 35년 만에 비로소 제집을 갖게 됐다며 자랑스러워하던 그의 표정을 잊을 수 없다). 그러기까지 그는 월·전셋집을 찾아 수없이 이곳저곳을 전전해야만 했다. 비슷한 처지에서 서울에 입성한 사람들이 모두 그랬겠지만, 그를 생각할 때 '유목' 혹은 '유랑'이라는 단어가 강하게 떠오르는 것은 그런 이유에서일 터이다. 따라서 그는 그 누구보다도 비정규직의 아픔과 유목민의 슬픔을 뼈저리게 체득한 사람이다. 그의 시 또한 이러한 자신의 생활 체험에서 우러나왔다고 해도 과언은 아니다.

3. 시를 향한 뜨거운 열정과 허기

이재무는 이렇듯 힘겨운 유목의 삶을 살아왔음에도 불구하고 등단 35년 동안 무려 11권의 시집을 펴낼 정도로 시에 대한 열정과 허기가 대단한 시인이다. 비슷한 또래의 시인들이 많아야 5~6권 정도의 시집을 펴냈음을 감안할 때 가히 다산성의 시인이라 할 만하다. 그는 유목민답게 앉아서 시를 쓰지 않고 걸어 다니면서 시를 구상하고 쓴다. 차분히 자리를 잡고 앉아서 시를 쓸 만한 여유가 없기 때문이다. 따라서 그의 시도 '걸어 다니는 시' 혹은 '길 위에서의 시'라고 할 만하다. 그만큼 일상생활 자체가 시가 된다. 밥 먹는 일도 마찬가지다. 그리고 이순을 맞이한 지금도 그는 여전히 시에 배가 고프다. 그 정도 나이를 먹고 문명을 얻었으면 만족할 만도 한데 작품을 발표할 지면이 부족하다고 늘 투정이다. 그런 그를 보고 있으면 도대체 밑 빠진 독 같은 시적 허기에 기가 질리면서도 한편으론 부러워지기도 한다.

일상의 경험적 진실성을 서정의 세계로 끌어올린 시인으로 평가받고 있는 이재무의 시세계는 대체로 소외된 사람들에 대한 관심과 연민을 밑바탕으로 하되 농촌과 도시라는 정서적 공간으로 양분된다. 첫 시집 『섣달그믐』(1987), 『온다던 사람 오지 않고』(1990), 『벌초』(1992) 등이 주로 고향에 대한 기억을 바탕으로 피폐한 민중적 삶을 그리고 있다면, 네 번째 시집 『몸에 피는 꽃』(1996)부터 다섯 번째 시집 『시간의 그물』(1997), 여섯 번째 시집 『위대한 식사』(2002), 일곱 번째 시집『푸른 고집』(2004), 여덟 번째 시집『저녁 6시』(2007), 아홉 번째 시집『경쾌한 유랑』(2011), 열 번째 시집『슬픔에게 무릎을 꿇다』(2014), 열한 번째 시집『슬픔은 어깨로 운다』(2017)까지는 서울 생활을 바탕으로 핍진한 일상의 경험적 진실과 깨달음을 일관되게 보여준다. 그 외에 산문집『생의 변방에서』(2003)를 비롯한 여러 권의 산문집과 시평집『사람들 사이에 꽃이 핀다면』(2005), 연시집『누군가 나를 울고 있다면』(2007) 등 다수의 저서를 발간하는 등 활발한 문단 활동을 펼쳤다. 이러한 그간의 문학적 업적을 평가받아 난고문학상(2002), 편운문학상 우수상(2005), 윤동주문학대상(2006), 소월시문학상(2012), 풀꽃문학상(2016), 송수권시문학상(2017)을 수상하였다.

이렇듯 이재무 시인은 생활인으로서나 시인으로서 일가를 이루었다고 할 수 있다. 그러나 그에게도 숨은 조력자가 있다. 그간 유목의 삶을 뒤에서 묵묵히 뒷받침한 그의 아내이다. 그는 가장 어려웠던 시기에 전교조 출신 초등학교 교사인 그녀를 만나 결혼했다. 비정규직에 빈털터리인 그와 정규직 교사인 그녀의 만남이 가능했던 것은 아마 사상적 동질감 때문이었을 것으로 짐작된다. 무엇보다도 그녀는 시인인 남편을 무한 신뢰한다. 남들 앞에서 떳떳하게 자신의 남편을 최고의 시인으로 추켜세운다. 살다 보면 못마

땅한 점도 많을 텐데, 아무리 미워도 시인으로서 남편의 자질만큼은 타고났다고 인정해준다. 성격도 시원시원해서 시단 활동을 하면서 파생하는 남편의 약점들을 훤히 알면서도 그냥 덮어줄 줄 안다. 최근 들어 그녀는 생활인으로서 남편의 능력과 성실성까지도 인정해주는 단계에 이르렀다. 그야말로 엄청난 힘을 북돋아 주는 든든한 조력자가 아닐 수 없다. 남들이 보기에도 부럽기 짝이 없는 환상의 커플이다. 그런지라 천하의 이재무 시인도 아내를 받들어 모신다. 돈도 꼬박꼬박 갖다 바치고, 내키지 않는 교회도 따라다니고, 병 수발도 정성껏 하고, 집안 청소도 하고, 함께 여행도 다닌다(최근 이들 부부는 결혼 후 처음 일본 홋카이도로 밀월여행을 다녀왔다). 필자는 보기와는 달리 가정적인 그가 부러움을 넘어서 존경스럽기까지 하다.

이재무 시인의 자랑거리가 하나 더 있다. 하나밖에 없는 아들이다. 어렵고 힘든 가정환경에도 아랑곳하지 않고 꿋꿋하게 잘 자라주었다. 특히 공부를 잘해 서강대학교 국문학과를 졸업하고 지금은 대학원에 다니며 조교 생활을 하고 있다. 그런데 그런 아들 때문에 아버지는 고민거리가 생겼다. 아들의 진로가 공부보다도 음악 쪽으로 바뀔 조짐이 보이기 때문이다. 아버지는 문학을 전공하여 자신의 대를 잇기를 바라지만, 아들은 막무가내다. 어렸을 땐 그렇게 순

진하기만 했던 아들이 성장해선 예능적인 끼가 다분한 청년
으로 돌변했으니 아버지의 숨은 유전자가 뒤늦게 나타난 셈
이다. 혼자 작사 · 작곡도 하며 연주하는 노래 솜씨가 예사
롭지 않다. 요즘 들어 아버지는 아들을 느긋하게 바라본다.
아들의 인생을 아버지가 대신할 수 없기 때문이다. 그래도
아버지는 아들이 마냥 자랑스러운 존재이다.

4. 표리일치의 외모와 성격

  이재무 시인의 외모는 평범한 편이지만 야성미가 있다.
작지만 다부진 몸매, 직선의 더벅머리를 휘날리며 거칠게
걸어가는 폼이 대단한 포스를 지녔다. 얼른 보면 시인이
라기보다 뒷골목을 어슬렁거리는 백수건달(죄송) 같다. 옷
차림도 수수하다. 세련되게 보이기 위해 비싼 옷을 사 입
거나 멋을 내지 않는다. 그냥 있으면 있는 대로 없으면 없
는 대로 편하게 걸치고 다닌다. 아무리 봐도 그는 정장을
한 샐러리맨과는 거리가 멀다. 하지만 CEO가 된 최근 그
의 옷차림에서 변화가 감지된다. 좀처럼 비싼 옷을 사 입
지 않던 그가 40~60만 원씩이나 주고 산 정장 차림을 하
고 제법 세련되고 기품 있는 모습으로 행사장에 나타나곤

한다. 다소나마 생활의 여유가 생겼기 때문일 것이다. 축하할 일이다.

　이재무 시인의 성격은 꾸밈이 없고 활달하다. 정직성은 그의 가장 큰 덕목이다. 누구를 만나건 처음부터 울타리를 치지 않는다. 한마디로 단도직입이다. 그렇게 단도직입해서 맞으면 맞고 틀리면 틀리다 쪽이다. 이른바 속전속결이다. 그렇게 경계를 스스로 무너뜨리며 사람들과 빨리 가까워지는 그의 친화력은 대단하다. 느리고 답답한 것은 도저히 참지 못한다. 또한 그는 비밀을 그리 오래 가져가지 못한다. 비밀을 숨기기보다는 그 비밀의 정체를 캐기 위해 정면으로 돌진하기 때문이다. 이러한 특성은 장단점이 있기 마련이지만, 그래도 속으로 호박씨 까며 뒤통수치는 경우보다 백배 낫다. 솔직담백하지 못한 세상에 우리가 살고 있기 때문이다. 단언컨대, 필자는 지금껏 그만큼 겉과 속이 똑 일치하는 사람을 본 적이 없다. 이러한 표리일치는 그의 시에도 그대로 적용된다. 그의 시는 자신의 생활과 체험의 정직한 기록이다. 좀처럼 거짓으로 꾸며 시를 쓰지 않는다. 그래서 그는 작위적이고 진정성이 없는 시를 좋아하지 않는다. 쓴 사람 자신도 잘 모르는 모호한 난해시도 마찬가지다. 그런 의미에서 그는 전형적인 리얼리스트에 속한다고 할 수 있다.

이재무 시인의 기질은 다혈질이다. 속에 불덩어리가 있어 감정이 상하면 쉽게 타오른다. 특히 불의를 보면 활화산처럼 폭발한다. 게다가 그는 자존심이 매우 강한 사람이다. 허리가 잘 구부러지지 않을 뿐더러 한번 아니라고 생각하면 끝까지 밀고 나간다. 한마디로 강성이다. 그 강성 때문에 가끔씩 주변 사람들과 부딪히거나 불편한 관계를 형성하는 경우가 있다. 그렇다고 타협을 모를 정도로 완고한 고집불통은 아니다. 상대방의 입장을 배려할 줄 알며 남의 부탁도 곧잘 들어주는 편이다. 그만큼 험난한 세상을 거치는 동안 양보할 건 양보해야 한다는 삶의 지혜를 터득했기 때문이다. 또한 그는 대인관계에서 호불호가 분명한 사람이다. 마음에 든 사람에겐 매우 친밀하게 대하지만, 그렇지 않은 사람은 단호하게 멀리한다. 한마디로 아무에게나 마음을 주지 않는다. 하지만 한번 마음을 열고 사귀면 아주 오래간다. 친구에 대한 의리를 생명처럼 여긴다. 따라서 그만큼 배신을 당하면 괴로워하는 사람이기도 하다.

이재무 시인은 타고난 달변가이다. 소탈한 웃음과 걸쭉한 입담으로 좌중을 단박에 사로잡는다. 능청스러우면서도 여유가 자르르 흐르는 매력 때문에 그와 함께 있으면 누구나 재미가 있다. 특히 여성들은 사족을 못 쓴다. 그런 달변은 강의로도 이어져 그의 흥미진진한 입담을 듣기 위해 여기저기서 특강이나 강연 요청이 쇄도한다. 그리고 그는 무슨 일을 주도해야만 직성이 풀리는 사람이다. 옆에서 거들거나 남의 뒤에 서 있는 모습은 어울리지 않는다. 게다가 그는 대단한 추진력의 소유자다. 사람들을 명쾌하게 설득해서 이끌고 가는 강한 리더십과 카리스마를 지녔다. 또한 그는 제대로 공부를 안 했을 뿐 명석한 두뇌를 지녔다.

이재무 시인은 애주가이다. 60년의 세월 동안 그와 가장 가까웠던 친구를 들라 한다면 아마도 술일 것이다. 담배는 피웠다 안 피웠다 한다. 그러나 근래 들어 술이 많이 약해졌다. 조금만 마셔도 목소리가 힘이 없고 혀가 꼬인다. 어쩔 수 없는 세월 탓이다. 그렇다고 풍류를 접을 것까지야 없지만, 이제 술을 줄일 나이가 되었고, 몸이 받쳐주질 않는다는 사실을 잘 알면서도 어쩌자고 계속 마셔댄다(이는 필자도 마찬가지다). 한 가지 다행스러운 점은 걷기 운동을 누구보다 열심히 한다는 점이다. 그는 집 주변에 있는 공원이나 강변을 하루 2~3시간씩 돌면서 건강도 유지하고 시도 구상한다. 그가 여전히 술을 마실 수 있는 것도 걷기 운동 덕분이다.

5. 에필로그

이제 이재무 시인은 이순에 접어들었다. 언제까지나 '푸른 고집'을 꺾지 않을 것 같던 그도 어느덧 12지를 5바퀴나 돌아 황금 개띠 해인 올해 환갑을 맞이한 것이다. 얼굴에서도 목소리에서도 장년의 중후한 느낌이 풍기고, 마냥 천진난만한 소년 같던 그의 머리에도(잠시 물을 들였을 뿐) 백설이 난분분하다. 살아온 날들보다 살아갈 날들이 얼마 남지 않았다. 남은 20여 년의 세월이 눈 깜짝할 사이에 지나간다고 생각하면 왠지 슬퍼지고 생의 허무마저 느껴질 나이가 된 것이다.

그러나 앞에서도 이야기했지만, 그는 지금껏 누구보다도 성실하고 열심히 생을 살아온 사람이다. 아무것도 없는 서울에 입성하여 변방을 전전하면서도 어엿한 삶의 터전을 일구었으며, 시력 35년 동안 11권의 시집과 3권의 산문집 등을 펴냄으로써 한국 시단의 대표적인 중진 시인의 한 사람으로 우뚝 섰다.

앞으로의 남은 일은 여생을 어떻게 갈무리하느냐의 문제이다. 이제 이룰 만큼 이루었으니 모든 것을 내려놓고 남은 생을 즐길 것이냐, 아니면 죽을 때까지 해왔던 일을 계속할 것이냐의 선택이 그것이다. 그는 아마 후자 쪽을 선택할 것이다. 아직도 그에겐 시를 향한 열정과 허기가 넘쳐나기 때문이다. 그래야만 한국 시단에 커다란 족적을 남긴 영광스런 시인으로 남을 것이다. 끝으로 이재무 시인의 뜻깊은 회갑을 절친한 후배로서 진심으로 축하하며 앞으로도 더욱 빛나는 영광과 축복이 함께하길 기원한다.

1958년 충청남도 부여군 석성면 현내리 396번지 이관범(李官
範, 함평 이씨)과 안종금(安鍾金, 순흥 안씨) 사이에서 육
남매의 장남으로 태어났다.

1965년 석양초등학교에 입학하여 석성중학교, 대신고등학교
를 졸업했다.

1978년 숭전대학교(현 한남대학교) 국어국문학과에 입학하여 1
학년 때부터 또래 학생들보다는 문학하는 선배들과
자주 어울려 다녔다.

1980년 2월 군에 입대하여 동경사 제57연대 4대대에서 인사
서기병으로 근무하다가 1982년 6월에 제대했다.

1983년 무크지 『삶의 문학』에 「귀를 후빈다」 외 4편으로 작
품 활동을 시작했다. 시인 이은봉·윤중호(작고)·정영
상(작고)·전인순·전무용, 소설가 이은식, 평론가 김영
호·임우기 등 선배들과 어울려 지내기 시작했다. 이
무렵 광주의 고규태 시인, 대구의 김용락·배창환 시
인, 청주의 도종환 시인, 서울의 평론가 채광석·현준
만, 시인 김진경·최두석·김사인·박영근 등과도 인연
을 맺게 되었다.

1984년 가을 학기로 대학을 졸업했다. '삶의 문학' 동인과 '오
월시' 동인들이 중심이 되어 만든 교육 무크지 『민중
교육』에 「교사 임용 이대로 좋은가」라는 르포를 발표
하였는데 이로 인해 교사 임용의 좌절을 겪게 되었다.
12월 향년 48세를 일기로 어머니께서 돌아가셨다. 도
서출판 '어문각' 편집부에 선배 윤중호 시인의 소개로
근무하게 되었으나 일 년을 채우지 못하고 낙향하여
동가숙서가식하며 지냈다.

1985년 사단법인 '민족문학작가회의'(현 한국작가회의)에 상임 간
사로 발탁되어 근무했다. 연년생 동생 이재식(李載植, 31
세)이 사망하여 고향에 내려가 계룡산에 유골을 뿌려
주고 올라왔다.

1987년 민족문학작가회의 상임 간사직을 내놓고 도서출판 '청
사'에서 편집장으로 근무했다. 이 해에 첫 시집 『섣달
그믐』을 도서출판 '청사'에서 간행했다. 이 시집에 대
하여 비평가 김현 선생이 특별히 주목하여 《중앙일보》
월평란에 다루었다. 이를 계기로 중앙 문단에 이름이
알려지게 되었고 덕분에 청탁이 들어오기 시작했다.

1989년 12월, 명동성당에서 단식농성을 하던 해직 교사들을
위한 시 낭송에 참석하였다가 알게 된 해직 교사 장
두기와 결혼했다.

1990년 시집 『온다던 사람 오지 않고』(문학과지성사)를 간행했다.

1991년 10월 아들 이준행이 태어났다.

1992년 시집 『벌초』(실천문학사)를 간행했다. 5월 향년 59세를
일기로 아버지가 돌아가셨다.

1996년 시집 『몸에 피는 꽃』(창비)을 간행했다.

1997년 7년 동안 밥 벌어먹던 대입학원 강사직을 접고 동국대
학교 대학원 국어국문학과 석사과정에 입학했다. 시집
『시간의 그물』(문학동네)을 간행했다.

2001년 동국대학교 대학원 국어국문학과 석사과정을 수료했
다. 계간 『내일을 여는 작가』 편집주간을 맡았다.

2002년 시집 『위대한 식사』(세계사)를 간행했다. 이 시집으로
제2회 난고(김삿갓)문학상을 수상했다. 공저 『우리 시대
의 시인 신경림을 찾아서』(웅진닷컴)를 간행했다.

2003년 첫 산문집 『생의 변방에서』(화남)를 간행했다.

2004년 시 전문 계간지 『시작』 편집주간을 맡았다. 시집 『푸른
고집』(천년의시작)을 간행했다. 이 시집으로 2005년 제15
회 편운문학상 우수상을 수상했다.

2005년 시평집 『사람들 사이에 꽃이 핀다면』(화남)을 간행했다.

2006년 제1회 윤동주문학대상을 수상했다.

2007년 시집 『저녁 6시』(창비), 연시집 『누군가 나를 울고 있다
면』(화남)을 간행했다.

2009년 『시작』 편집주간과 『내일을 여는 작가』 편집주간직을
내려놓았다.

2010년   두 번째 산문집 『세상에서 제일 맛있는 밥』(화남)을 간행했다.

2011년   시집 『경쾌한 유랑』(문학과지성사)을 간행했다. 7월 열흘간 워싱턴, 뉴욕, 시카고 등지에 있는 동포 문인 등을 대상으로 문학 강연을 다녀왔다.

2012년   제27회 소월시문학상을 수상했다. 『제27회 소월시문학상 수상 시인 시선집』(문학사상)을 간행했다.

2013년   5월 중국 샤먼에서 실시한 '한중작가대회'에 참가했다.

2014년   시집 『슬픔에게 무릎을 꿇다』(실천문학사)를 간행했다.
          6월 객주문학관에서 실시한 '한중작가대회'에 참가했다.

2015년   7월 천년의시작 대표이사직에 취임했다.

2016년   2월 산문집 『집착으로부터의 도피』(천년의시작)를 간행했다. 10월 제2회 풀꽃문학상을 수상했다.

2017년   6월 시집 『슬픔은 어깨로 운다』(천년의시작)를 간행했다. 10월 중국 장춘에서 실시한 '한중작가대회'에 참가했으며 11월 제3회 송수권시문학상을 수상했다.

2018년   2월 20일부터 24일까지 미국 캘리포니아 버클리대학 초청 시낭송 프로그램에 참가했다.